初恋温泉

吉田修一

集英社文庫

初恋温泉　目次

初恋温泉

初恋温泉

熱海「蓬莱」

玄関へのアプローチは、劇的に簡素なほうがいい。特にここ熱海のような雑多な温泉街を抜けてきた客の目には、竹藪《たけやぶ》を切り開いて伸びる小路の、水を打った石畳、足元を照らす灯籠《とうろう》が、日常の裏側へと続いているように見える。

重田光彦は車のトランクから荷物を取り出すと、横に立つほっそりとした仲居に、「重いですよ」と声をかけながら手渡した。少し遅れて助手席から降りてきた彩子は、荷物を仲居に預けない。

「持とうか？」と重田は言った。

「いや、大丈夫」

彩子はその手をやさしく払うと、濡《ぬ》れた石畳を踏んで玄関へ向かった。

畳敷きのエントランスには、屏風《びょうぶ》が立てられ、深紅の椿が活けられ、清浄な香が焚《た》かれていた。

「お世話になります」

出迎えてくれた仲居たちに、彩子が笑みを浮かべ、上《あ》がり框《がまち》にそっと腰を下ろす。重田はその横で立ったまま靴を脱いで上がった。すぐに彩子が手を伸ばし、乱れた重田の靴を揃《そろ》える。

「あ、ごめん」と重田は声をかけた。

日ごろは気にもならない妻の所作《しょさ》が、何故かしらやけに不自然に感じられる。框に腰かけた彩子の背中が小さく見える。畳の上に置かれた彩子の手がひどく白い。

「そう言えば、池上くんの件、どうなったの？」

昨夜、彩子はとつぜん、そう言って話題を変えた。たった今まで別れ話をしていたというのに、つい先日退職願を出してきた店の従業員の話を始めたのだ。

食後のテーブルには、梨が皿に盛られていた。明日から「蓬萊《ほうらい》」においしいものを食べに行くのだからと、その夜、彩子が用意した夕食は手打ちの蕎麦《そば》だけで、

「こんなんじゃ、夜中に腹減るよ」と重田は言ったのだが、実際にコシのある麺《めん》を啜《すす》っているうちに胃が膨れてしまい、食後、「梨、食べる？」と彩子に訊《き》かれたときには、ゲップ混じりに、「いや、もう何も入らない」と答えていた。

重田は皿に盛られた梨を一つ摑《つか》むと、フォークボールを投げるように強く握った。暖房で部屋は暑いほどだったが、指先に梨の感触が冷たい。

「ねぇ」

その指先を、前の席で見つめていた彩子が声をかけてくる。

「ん？」と、重田は握った梨から目を離さずに答え、「……とつぜん過ぎないか」と呟《つぶや》いた。

「とつぜんって……。そりゃ池上くんが退職願を出してきたのはこの間かもしれないけど、夏ごろからそういう相談受けてたんでしょ？」

彩子の言葉に、重田は驚いて顔を上げた。

「そう言ってたじゃない。池上くんが自分の店を持ちたがってるって」と彩子が言う。

「あ、うん……。いや、そっちじゃなくてさ」と重田は首をふった。そしてもう一度、手元の梨を握り直した。

別れたいと思う気持ちは、いつの時点で口から出てくるのだろうかと重田は思う。別れたいと思ったときか、それとも別れようと決めたときか。

その晩、珍しく早めに帰宅した重田は熱い風呂に浸《つ》かっていた。脱衣所から何やら物音が聞こえてきたので、「おい、この前、お前がまとめて買ってきたパンツ、あれゴムがちょっときついから、前のを出しといてくれよ」と声をかけると、すぐに扉が開き、「え？」と彩子が顔を出す。

「パンツ。ほら、この前、お前が……」

重田は顔半分をお湯に沈め、ぶくぶくと息を吐きながら言った。

「これ？」

彩子は重田が今脱衣所に脱ぎ捨てたパンツを拾い上げ、浴室の中に突き出してきた。お湯から顔を上げて、「ああ、それ」と重田は肯《うなず》いた。

それからしばらく、「これもMサイズだよ」とか、「高かったのに」などと言いながら、彩子は扉を開けたまま汚れたパンツのゴムを引っ張っていた。そしてとつぜん、「ねぇ、話があるんだけど……」と、別れ話を切り出したのだ。

特に長い話ではなかった。いや、実際はとても長い話だったのかもしれないが、事前に彩子のほうで言葉は間引かれ、感情は抑えられてしまったようで、急にぽんと目の前に突き出されたその話は、まるで旅館の床の間に活けられた華のように端正で、素人がむやみに手を加えることなどできそうになかった。

話を聞いている間、重田は湯から上がり、髪を洗い、髭《ひげ》を剃《そ》った。少し曇った鏡には、扉に凭《もた》れて立っている彩子の下半身だけが映っていた。

浴室の熱気が脱衣所へ流れ出るせいで、ずっと背中が冷えていたが、重田は一度も「扉を閉めてくれ」とは言わなかった。その代わり何度もお湯を汲《く》んで、冷えた自分の背中にかけた。

「離婚したいなんて、そんなこと、いつから考えてたんだよ？」と重田は訊いた。剃り残しがないか、鏡の前に顔を突き出し、丁寧に顎《あご》を撫《な》でながら。

「正直に言うと、麻布店ができたころからかな」と彩子が答える。

「あんなの、もう二年も前の……」

重田はそこで言葉を切った。その時間の長さに呆《あき》れたわけではない。離婚したいという妻の話を素っ裸で聞いている今の自分が、急に情けなくなったのだ。

耳たぶに残っていた泡を指で擦《こす》り落とすと、重田はもう一度、熱いお湯にからだを沈めた。浴槽の中で大きく波打ったお湯が溢《あふ》れ、彩子が、「わっ」と大げさに悲鳴を上げて後ろに飛びのく。溢れたお湯は、すんでのところで敷居を越えず、床に置いてあった石鹸《せっけん》をさらい、排水溝に吸い込まれていった。

仲居が淹《い》れてくれたお茶を一口啜ると、重田は立ち上がって窓際に寄った。眼下には荒れた相模湾《さがみわん》が見下ろせる。

「今日は、波が高《たこ》うございますからねぇ」

背後から仲居に声をかけられ、重田はゆっくりとふり返った。ここで何か気の利いたことを言えればいいのだろうが、なかなかとっさには浮かばない。

「そうですね。高い波ですね」

結局、口から出てきたのは、そんな言葉だった。

下座に座り、手のひらで包んだ湯《ゆ》のみ茶碗《ぢゃわん》を眺めていた彩子が、そのときふと耳を澄ますように首を傾《かし》げて、「……こうやって波の音だけ聴いてると、太鼓が鳴ってるように聞こえない？」と微笑《ほほえ》む。

彩子を真似《まね》て首を傾げた仲居が、しばらく窓外からの波音に耳を澄まして、「あら、ほんと。どーん、どーんって」と、手のひらで自分の膝《ひざ》を叩《たた》いてみせる。

重田は視線を湾に戻した。西日を浴びた海面に、白い波濤《はとう》がいくつも見える。海岸線沿いの道を一台のトラックが走っていく。遠くに見える赤い橋まで灰色の防波堤が続き、テトラポッドに打ち上げた大波が、細かく散って海沿いの道を濡らす。

つい半年ほどまえ、吉祥寺に二店目をオープンさせたとき、友人たちを集めてパーティーを開いた。吉祥寺本店、表参道店、麻布店に次いで四店目、多少資金的に無理をしていたが、開店まではスムーズに進み、それまでは関係者を集めて開業祝いをするだけだったところを、少し仕事に余裕がでてきたこともあって、初めて友人たちだけを集めた会を開いたのだ。

客席が四十ほどしかない店内には、重田の知人たちに混じって、彩子の学生時代からの友達も集まってくれた。どの顔も見覚えはあるのだが、結婚してからというもの、彩子が友達をほとんど家に招かなかったので、それぞれの名前までは覚えていない。

彩子とふたり各テーブルにシャンパンを注《つ》いで回り、最後に彼女たちのテーブルに挨拶《あいさつ》に行った。

「なんか、彩子もすっかりコマダムだよねぇ」

そう言って重田の横に立つ彩子を冷やかしたのは、たしか結婚まえに彩子が勤めていた会社の同僚で、美代子だか美也子だかという名前の女だった。

「そりゃ、そうよ。都内に四店舗もお店を持ってるオーナー夫人なんだから、れっきとしたマダムよねぇ」

横に座っていた別の女が口を挟み、「でも、まだ若いから、やっぱりコマダムだよ」と、今度は別の女が会話に入ってくる。

三人の会話を笑って聞いていた彩子も、「でしょ？　夫を陰で支える貞淑な妻って感じでしょ？」などとおどけ、テーブルの空いた席にちょこんと腰かけると、「旦那《だんな》さま、たまには貞淑な妻にもシャンパンをいただけるかしら」と、マダム然とした物言いで重田の前にグラスを突き出した。

重田は順番に女たちのグラスを満たした。

「やっぱり、クリュッグっておいしいよねぇ」

シャンパンを一口舐《な》めた美代子だか美也子だかが大げさに肩をすくめ、「これもお店で出してるの？」と、横に立っている重田を見上げる。

「まさか。今日だけだよ。うちはごらんの通り、庶民派居酒屋ですから」

重田としてはわざと卑下《ひげ》して答えたのだが、「で、でも、ほら、照明なんてシックな感じでいいじゃない。庶民派の居酒屋って感じじゃないよ」と、美代子だか美也子だかに慌てられ、一瞬その場の空気が緊張した。

実際、重田がこれまでにオープンさせた四店は、何週間もまえから予約が必要なほどの店ではない。メニューに載っている食べ物も、モッツァレラ・チーズとトマトのサラダから、刺身盛り合わせ、豆腐《とうふ》チゲ鍋《なべ》と、バラエティに富んでいるといえば聞こえはいいが、正直なところ、これで勝負しているという料理もない。ただ、店の内装だけは金をかけており、勝負に出た表参道店などは、渋谷の有名クラブを手がけた気鋭のデザイナーに何度も頭を下げて依頼した。

予約してまで行きたいと思う店ではないかもしれないが、予約を取り忘れたカップルがふらっと立ち寄って、「良かったね、この店があって」と言ってもらえるような、そんな店ではあるはずだと、重田は自負している。

重田は高校を卒業すると、これと言った目的も持たずに都内のコンピューター専門学校に入学した。ただ、十八歳の若者が興味のないことを無理に勉強できるわけもなく、夏を迎えるまえには中退してしまい、そのままフリーターになってしまった。二十歳になるまでいくつかのバイトをし、途中、八王子で暮らす親に金を出してもらって代々木上原にアパートを借りた。

渋谷の「Ren」という居酒屋で働き始めたのは十九歳の冬のことだ。最初はいつものようにホール係をやらされていたのだが、たまたま高校の先輩だったオーナーに気に入られ、店全体の仕事を任せられるようになった。

北野というその先輩は、仕事のあと飲みに行くと必ず、「お前は昔の俺《おれ》に似てるんだよ」と重田に言った。「いい意味じゃねぇぞ。悪い意味でだぞ」と。

バイトし始めたばかりのころは、飲みに連れて行かれるたびに、昔話はどっかよそでやってくれよと、心の中で舌打ちばかりしていたのだが、人間、無理にでも付き合っていれば相手の良い部分も見えてくるもので、どうせアパートへ帰っても、繰り返し忘れたアダルトビデオをもう一度早送りして見るような毎日、昔話がもれなくついてくるとはいえ、まだ北野に連れられて飲み歩いているほうが楽しい夜もあった。

自分の店を持ってみたい。そう強く思ったのは、北野に憧《あこが》れていたからではない。どちらかと言えば、昔話と自慢話しかしない北野が憐《あわ》れに見えて、自分はもっと上を目指すんだと思い、そんな夢を持つようになったのだ。

そうと決心してからは、自分でも驚くほど夢中で働いた。「Ren」はランチタイムも営業していたので、朝の九時からシフトに入って、夜中の三時まで勤務した。連日の過労が祟《たた》って、渋谷から代々木上原へ帰る途中、ふと意識が遠くなり、危うく自転車ごと車に撥《は》ねられそうになったこともある。給料はほとんど貯金した。二十歳からの八年間、部屋用と外出用のジャージ二着で過ごしたと言っても過言ではない。

当時、彩子は某一流大学の英文科に通っていた。同じ高校とはいえ、頭の出来はピンキリで、彩子のように一流の大学に入る者もいれば、自分のようにどこにも引っかからない者もいる。ただ、大手商社に勤める父親の関係で、小学校卒業までをドイツで過ごした彩子の場合は特別で、高校のころから周りの女の子たちと同じように騒いでいても、一人だけみんなの声が聞こえていないような、一人だけ別のものを見ているような、そんな独特の透明感があった。

高校を卒業して以来、数年ぶりに彩子と再会したのは渋谷の裏通りだった。店の遣いに出ていた重田が両手にビニール袋を提げて細い坂道を上がっていると、後ろから乱暴なクラクションを浴びせられた。ふり返れば、銀色のフェラーリが今にも噛《か》みついてきそうな勢いで細い坂道を上ってくる。

重田はひょいとガードレールを越えて道を空けた。そして傍らをすっと通り抜けたフェラーリをなんとなく見送った。すると曲がり角の手前で車がすっと停《と》まり、助手席から彩子が降りてきたのだ。

「重田くん？　重田くんだよね？」

フェラーリの車高が低いのか、彩子が履いているヒールが高いのか、それとも自分が坂の下から見上げているせいか、車の横に立ち、こちらに手をふっている彩子の身長がとても高く感じられた。

「久保田？」

重田が背伸びするように尋ねると、「やだぁ、ひさしぶり!」と声を高めた彩子が、危なっかしい足取りで坂道を駆け下りてくる。

彩子が手をふるものだから、重田も手をふり返そうとするのだが、食材の入ったビニール袋が重くて、右も左もうまく上げられない。

「バイト?」

すぐそばまでやってきた彩子が、重田の汚れた調理服を見る。

「そう。そこで」

重田は重い荷物にぶるぶると腕を震わせながらも、坂の上にある雑居ビルを指差した。

「久しぶりだよね? いつ以来?」

高いヒールの靴で、急な坂道に立っているものだから、彩子はそう言いながらもどこかふらふらと揺れていた。

「卒業以来だから、二年ぶりかなぁ」

重田は片方のビニール袋を足元に置き、彩子がいつ倒れてきても支えられるように片手をあけた。

そのときプップーッとクラクションが鳴って、フェラーリの運転席から顔を出した男が、「早く行かないと、遅れるぞ！」と彩子を呼ぶ。

彩子はふり返りもせず、重田を見つめたまま面倒臭そうに顔を歪《ゆが》めてみせた。

「彼氏？」

重田は坂の上のほうに顎をしゃくった。

「まさか。サークルの先輩」と彩子が首をふる。

「でも、なかなかいい感じのやつじゃない」

心にもない言葉だったが、そんな言葉が口から出た。

「いい感じ？」と、彩子はますます顔を歪め、「大学生のくせにフェラーリに乗ってるんだよ。いい感じなわけないじゃない」と笑った。

彩子の言葉に重田も思わず苦笑した。

「大学生なら、同じ銀色でも日比谷線に乗れっていうのよねぇ」

そう言って笑い出した彩子につられて、重田も素直に笑顔を浮かべた。「変わってないんだな」と言いたかったが、タイミング悪くまたクラクションが鳴らされて、

「ごめん、これから友達のお見舞いに行くのよ」と、先に彩子に言われた。

「サークルの友達なんだけど、面会時間が……」

彩子はそう言いながら腕時計を確かめ、「あ、ほんとに間に合わない」と呟くと、

「じゃ、またね」と重田の肩を軽く叩いた。

坂道をふらふらしながら上がっていく彩子の背中に、「お前、変わってないな!」と重田は叫んだ。足を止めてふり返った彩子が、「え? 何?」と訊き返す。重田はもう一度叫び返そうかと思ったが、なんとなく無駄なように思えて、いや、なんでもないんだとでも言うように、ゆっくりと首をふってみせた。

卒業後も付き合いのあった高校の同級生から、「最近、久保田がときどき女性誌にモデルで出てんの、知ってる?」という電話をもらったのは、その半年ほどまえのことだった。すぐに確かめてみようと近所のコンビニに向かったのだが、中途半端な情報提供者のせいで、肝心の雑誌の名前が分からず、女性ファッション雑誌を手当たり次第に立ち読みする勇気もなかった。

ただ、その数日後、店の休憩時間にタバコを吸っていると、バイトの女の子が横で捲《めく》っていた雑誌に偶然彩子の姿を見つけ、思わず横取りした重田は、「あ、ほんとだ。久保田だよ」と呟いた。

雑誌はすぐに女の子に奪い返されたが、「知り合い?」と訊かれて、「高校んときに、一度だけデートしたことあるんだ」と重田は答えた。

「一度ってことは、ふられたんだ?」

バイトの女の子に笑われて、「まぁ、そういうことになるな」と重田も笑った。

その雑誌の愛読者らしい彼女の話では、彩子はプロのモデルではなく、読者モデルと呼ばれる存在で、「でも、この人、最近よく出てるから、けっこう人気あるんじゃない」ということだった。雑誌には白いコートを着て、すかした笑みを浮かべている彩子が写っていた。

「好きだったんだ？　この人が」

今では名前も思い出せないが、横にいたそのバイトの女の子に訊かれ、「好きっていうのとはちょっと違うんだよな」と重田は答えた。

「……なんていうか、たとえばさ、自分が一番幸福な瞬間を見せたいって思うような男、お前にはいる？　別に付き合ってなくてもいいんだよ。遠くでその瞬間を喜んでくれるだけでもいいんだけど」

「幸福な瞬間って？」

「だから、幸福な瞬間は幸福な瞬間だよ。たとえば、マラソン大会のトップでテープ切る瞬間とかさ」

「マラソン大会？　ちっちゃい幸福ねぇ」

「だから、たとえばだよ、たとえば」

「じゃあ、なに、重田くんは、この人にそういう瞬間を見せたかったんだ？　マラソン大会でテープ切る瞬間を」

「見せたかったというより、今でも見せたいね。マラソン大会でも、自分の店を持つときでも、金儲《かねもう》けて広いマンションに引っ越すときでも、全部、この女に見てて欲しいね」

「で、なんて言ってほしいわけ？」

アルバイトの女の子が真顔で見つめてくる。

「……そのとき彼女になんて言ってほしいのよ？『よくがんばったねぇ』とか、『私は一位になると信じてた』とか、いろいろあるじゃない」

「そうだなぁ……」

たしかそのへんで機嫌の悪い北野が休憩室にやってきて、「いつまでさぼってんだよ、さっさと仕事に戻れ」と叱《しか》られた。

それからしばらくの間、自分が必死にがんばった姿を彩子に見せて、彼女になんて言ってほしいのか、ふと考えるようになっていた。ただ、いくら考えてみても、これだと思える言葉は浮かばなかった。

長い階段を下りたところに、見晴らしのいい大浴場がある。重田は糊《のり》の利いた浴衣《ゆかた》に着がえて下駄の感触を楽しみながら石段をゆっくりと下りていった。足元を照らす灯籠の中に、一匹の大きな蛾《が》が迷い込んでいるらしく、その影が和紙に黒く浮き出ている。

都内からここ熱海へ向かってくるあいだ、昨夜の話の続きはお互いの口から出なかった。嫌いになったわけではないのだと彩子は言った。ただ、今の自分に納得ができないだけなのだと。

「どうすれば納得できる？」と重田が訊けば、「一人になりたいの」と彩子は答えた。

「働きたいんなら、働けばいいよ。何も離婚することはない」と重田は言った。

「そういう問題じゃないのよ」と彩子は俯《うつむ》いた。

そう言えば、吉祥寺二号店のオープンパーティーの夜、シャンパンでかなり酔っていた美代子だか美也子だかが、「彩子は重田くんと結婚して大正解よ」と、店内に響き渡るような大声で話し出した。「私みたいに仕事に追われて、気がつくと三十半ばなんて、いくら仕事が順調だって、どこか寂しそうに見えるじゃない」と。

すでに客のほとんどが帰り、店には彩子の友人たちとほんの数名のスタッフが残っているだけだった。

「そんなことないよ。私から見たら、世界中、飛び回って仕事してるほうが、しっかりと地に足がついてる感じするよ」

彩子はなだめるように美代子だか美也子だかに言い返していた。重田は二人の会話から逃れるようにタイミングを見計らって席を立ち、用事のあるふりをして厨《ちゅう》房《ぼう》に姿を消した。ただし、酔った女たちの声は、狭い店内によく響く。

「彩子はそう言うけどさぁ、地に足がついてる感じがするから、寂しそうに見えるんじゃない？　それに地に足がついてるっていうのは、私からすると、今の彩子のほうだと思うけどなぁ」

「そう？　私なんて、ただ旦那の後ろにじっと立ってるだけじゃない。専業主婦なんてね、聞こえはいいけど、けっこういろんなことにビクビクして暮らしてるんだから」

「今の彩子が何にビクビクすることがあるのよ？」

「何って言われても……」

おそらく久しぶりに気心の知れた友人たちに囲まれたせいもあるのだろう。その夜、彩子はかなり酔っていたようで、日ごろ聞いたこともないような気持ちを口に出した。

「……なんていうか、たとえば財布を持たずに旅行に行ける？」

そう言った彩子の言葉に、「行けるわけないじゃない」と美代子だか美也子だかが答える。

「でしょ？　でもさ、これは私の個人的な感じ方だし、うちは子供がいないからかもしれないけど、専業主婦って、そんな状況のような気がしないこともないんだよねぇ」

「横に財布を持ってる旦那がいるんだったら、なんの心配もないじゃない」

「はぐれたら？」

「そんな子供じゃあるまいし」

「そうなのよ。子供じゃないのよ」

彩子がこの会話をどんな顔でしていたのか、厨房にいた重田からは見えなかった。ただ、ちょうど店内の音楽が静かになったときで、「はぐれたら？」と呟いた彩子の声は、はっきりと重田の耳にも届いた。

その夜、ベッドに入ってきた彩子に、「お前、働きたいのか？」と重田は尋ねた。「どうして？」と問われ、「いや、そんなこと、友達と話してただろ」と。

「働いていいの？」と彩子は言った。

「働きたいのか？」と重田はまた訊いた。

「今は無理でしょ？」と彩子が呟く。

重田は返事をせず、枕を抱えて寝返りを打った。横ですっとからだを伸ばした彩子の冷たい足が、ふくらはぎに当たり、「冷たいよ」と、重田は乱暴に足を引っ込めた。

「なんか怒ってる？」と彩子が訊いた。

「なんで？　別に」と重田は無愛想に答えた。

ベッドサイドのライトが消されて、すっとわき腹に彩子の手が置かれた。耳元で何やらぼそっと聞こえたので、「え？」と重田は訊き返した。

「四つ目のお店、おめでとう。そう言ったのよ」

首筋にかすかに彩子の息がかかる。

「ああ、……うん」

重田は咳払《せきばら》いするように答えた。照れ臭かったわけではなくて、あまりにも彩子の言葉が他人行儀に聞こえたからだ。

その気持ちが伝わったのか、わき腹に置かれていた彩子の指がそこの肉をつまみ、

「ん？　またお肉が……」と笑い出す。重田はその手を払い、「俺が中年なら、お前だってそうなんだからな」と言った。別に深い意味はなかったのだが、その瞬間、彩子の笑い声は消え、行き場を失ったらしい指だけが、重田のわき腹に残された。

走り湯と呼ばれる大浴場に、重田以外の客の姿はなかった。きれいに磨き上げられた大きなガラスの向こうには、相模湾が見渡せ、流れ出る湯の音に混じって、夜空の下から波の音が聞こえてくる。

重田は湯の中でからだを伸ばし、腰を突き出して自分の性器をお湯に浮かべた。ぐったりとした性器は、小さな生き物の死骸《しがい》のようで、高い天井から吊《つ》るされたオレンジ色のライトを浴びて、ひどくグロテスクに見えた。

いつの間にか、何かが少しずつすり替わってきたような気がする。何が何にすり替わり、何を何に戻せば元通りになるのか、それさえも分からないくらい、いろんなものがいろんなものとすり替わり、ちょうど指先で上下左右にパネルを動かして遊ぶパズルのように、気がつくと、元あった絵柄がまったくその形を失っていた。パズルには、必ず一箇所だけパネルのない部分がある。その空いた部分に横のパネルをずらせば、今度はそこが空洞になり、そこに別のパネルを上げれば、その下の部分が空洞になる。

脱衣所のほうで物音がして、重田は慌てて突き出していた腰を元に戻した。ふり返ると建付けのいい引き戸がすっと開けられ、タオルで股間《こかん》を隠した男がふたり、なにやら笑い合いながら入ってくる。

先に入ってきたのは年配の男で、湯船に浸かっている重田に目をとめると、軽い会釈を送ってきた。重田は湯船のど真ん中に浸かっていたからだをゆっくりと移動させ、熱い湯が流れ出る樋《とい》の傍らに落ち着いた。

あとから入ってきたほうは、重田と同年代の男だった。義理の父子であるらしく、年配の男に向かって、「お義父《とう》さん、この旅館、毎年いらっしゃってるんですよね？」などと敬語で話しかけている。

せっかく一人でのんびりと湯に浸かっていたのを邪魔されて、重田は早々に出ようかと思ったのだが、まだからだが完全に温まっておらず、湯から出た肩の辺りがひんやりとする。

男たちは湯桶《ゆおけ》で何杯かお湯をかぶると、恐る恐る熱い湯を踏んで湯船に入り、「あ〜」と同時に低い声を漏らした。

重田は男たちに背を向けて、夜の相模湾を見下ろすガラス戸のほうへ顔を向けた。

冷えた肩を温めようと、唇が湯につくほどからだを沈める。耳が湯に近くなればなるほど、男たちの会話が反響する。

「こういう高級旅館のいいところって、マサキくんはどんなところだと思う？」

義理の父親らしい男が、さも講釈ぶった言い方をする。

「やっぱり料理ですかねぇ？」

義理の息子が特に興味もなさそうに答える。

「もちろん料理もそうだが、ここみたいにしっかりした旅館っていうのは、到着してから帰るまで、なんというか、一つも嫌な思いをしなくて済むんだよ」

「嫌な思いですか？」

「そう。ほんのちょっとしたこと、たとえばお茶がぬるいとか、何かを急《せ》かされるとか、そういった、苦情を言うほどでもないが、ちょっと気になることが、こういう旅館だとまったくなくて済むんだ。一流って呼ばれているところは、日本旅館でもホテルでもみんなそうさ。そのほんのちょっと気になることなしに時間を過ごすために、高い金を払うわけだ」

「たしかに、言われてみれば、ホテルなんかでもそうですよねぇ。今年アズサと一緒にハワイに行ったじゃないですか。フォーシーズンズの予約が取れなかったんで、ヒルトンにしたんですけど、滞在中ずっとアズサのやつ、機嫌悪かったしなぁ」

「ちょっとしたことだろ？」

「そう。ちょっとしたことです。たとえばプールに出て空いたチェアーを探しているときに、案内してくれるかどうかとか。……でも、アズサの場合は特別ですよ。子供時代をパリやロンドンで過ごしてるし、お義父さんが贅沢《ぜいたく》させてるんで、すっかりそれに慣れちゃって。おかげで僕は大変ですよ」

「君だって同じようなもんだろ」

「うちの親父は、温泉より船でしたからね」

男たちの笑い声が湯煙の立ち昇る大浴場に響いた。重田は湯の中から立ち上がると、男たちに目礼し、濡れたタオルを絞りながら脱衣所に向かった。

あれは新しい吉祥寺店の営業がどうにか軌道に乗って、通常の仕事をすべてスタッフに任せ始めたばかりのころだったか、彩子とふたりで店の様子を見にふらっと立ち寄ったことがある。

平日だというのに店内は満席で、新規に雇い入れたスタッフたちも、元気な声を出して働いていた。

重田と彩子は一つだけ空いていた手前のテーブル席に腰を落ち着けた。スタッフにはとつぜん客として現れても普通に接するように教育していたので、飲み物の注文を取りに来た店長も、軽く会釈しただけですぐに元の配置につく。

生ビールと軽い食事を取りながら、店の様子を窺《うかが》っていると、背後のテーブルからOLらしい三人組の女たちの声が聞こえてきた。最初何の話をしているのか分からなかったが、「カウンターが空いたから、あっちへ移ろう」と頻《しき》りに提案する彩子を黙らせて耳を欹《そばだ》てていると、「こういう店ばっかりだから日本って嫌なんだよねぇ」という声が聞こえた。

重田よりも近い場所にいた彩子には、ずっとその会話が聞こえていたらしい。

「こういう見かけばっかり今風で、料理そこそこ、値段そこそこ。いかにもセンスあるでしょってところが、まったくセンスなくない？」

「結局、中途半端なのよね。レストランなんて、一流か、そうじゃないか、そのどっちかでいいのよ」

女たちはみんなラインの綺麗《きれい》な服を着ていた。その手前に座っている彩子のほうが数段美しかったが、身のこなしが堂々としているせいか、店内では一番目立つグループだった。

ふと気がつくと、テーブルに置かれた重田の拳《こぶし》に、彩子の手のひらがかぶさっていた。ときどきその人差し指が、「気にしない、気にしない」とでも書くように、ゆっくりと拳の甲を撫でる。

「きっついな」

空気が重くなりそうだったので、重田はわざとふざけた口調で呟いた。ゆっくりと顔を上げた彩子も、「きっついね」とおどけてみせる。

「今夜、お前と一緒でよかったよ」と重田は言った。

「私、役に立つでしょ？」と彩子が笑う。

「……いい店だよな？」と重田は訊いた。

少し心細い声だった。彩子はすぐに、「もちろん」と強く肯いた。ただ、その発音にどこか違和感があり、「なんだよ？　何か言いたいんだったら言えよ」と重田は言った。

「別に。ただ……」

「ただ？」

「あなたって、いいときしか私に見せてくれないから……。店の調子がいいときにしか連れて来てくれない。自分の調子がいいときしか、私に見せてくれないでしょ。

調子が悪いときこそ力になってあげたいのに、あなたは一人でやれるって言う。そして、もう私の手助けなんか必要なくなって初めて、私に見てくれって言うのよ。そして私はただ、『すごいね。いい店だね』って、感心してあげるだけしかできないの……」

その夜、店を出て、銀座でレイトショーを観た。タイトルは覚えていないが、中国の田舎《いなか》が舞台になっている映画で、文字の読み書きができないお針子が、読み聞かせてもらったバルザックに影響されて、最後ひとりで都会へ旅立っていく物語だった。

大浴場から長い石段をのぼって本館へ戻り、一階のサロンでタバコを吸った。他にも泊まり客はあるはずなのに、ほとんどその気配を感じない。彩子が同じように石段をのぼってくるのを待つつもりだったのだが、十分経っても姿は見えず、仕方なく重田は部屋へ戻った。

踏込《ふみこみ》からの襖《ふすま》を開けると、すでに食事の準備が整っており、浴衣姿の彩子がいた。

「もう戻ってたのか。下で待ってたんだぞ」

「私を？」

「他に誰《だれ》を待つんだよ？」

糊の利いた浴衣の裾《すそ》をまくって、重田は座椅子《ざいす》に腰を下ろした。どこにいたのか、すぐに仲居が現れて、松茸《まつたけ》や栗の盛られたざるを持ってくる。

「温まりましたでしょう？」

重田の額からは、まだ汗が吹いていた。からだの芯《しん》から温まるという言葉があるが、実際にその芯を感じられるほど、からだ全体にまだお湯の熱が残っている。

「女湯、誰かいた？」

仲居に酌《しゃく》をしてもらったビールを一口飲んで、重田はなんとなく尋ねた。同じようにビールグラスに口をつけた彩子が、「誰も。私だけだった」と首をふる。

重田は走り湯にいた男たちのことをふと思い出した。年配のほうが誰かに似ていると思っていたが、その横顔が彩子の父親とうまい具合に重なった。

「もう一本ビールをお開けしましょうか？」

仲居が襖の隙間《すきま》から尋ねてくる。重田は残っていたビールを彩子のグラスに注いでやり、「ええ、お願いします」と頼んだ。

襖が閉まり、彩子とふたりきりで残されると、急に部屋の中が静かに感じられ、網の上で銀杏《ぎんなん》の焼ける音まで聞こえる。

本当に彩子はうまく箸《はし》を使う。まるで自分の指のように、箸を使って栗の実を割り、優雅に口元まで運ぶ。

彩子の手先に見とれていたせいか、重田は網で焼かれている銀杏を指でつまみ、思わず、「あちっ」と悲鳴を上げた。黒光りする座卓を、焼けた銀杏がころころと音を立てて転がっていく。その銀杏を彩子の箸がうまく押さえる。

「十一時から混浴だって」と重田は言った。

彩子は何も答えない。

「あとで行ってみないか」

重田がぶっきらぼうに言ったところで襖が開いて、冷えたビールを盆にのせた仲居が戻ってきた。重田はとっさに声色を変え、「この銀杏、おいしいですね」と微笑んだ。

高校のころ、重田は一度だけ彩子をデートに誘った。結局デートらしいことはできなかったのだが、その日、学校から一緒に帰り、駅前の広場で二時間ほど話をした。たったそれだけのことだったが、重田にとってこれまでのどんなデートよりも、その二時間のほうが思い出に残っている。

「俺さ、久保田のこと、好きなんだ」

駅前広場のベンチに座るとすぐに、重田は思い切って切り出した。早く言ってかなければ、だらだらと世間話だけで終わりそうだった。彩子は駅へ向かう人の流れを目で追っていた。まるで誰かを探しているような真剣な目だった。

同級生たちが何人も広場を横切って行ったが、隅のベンチに座る二人に目を向けることはあっても、話しかけてくる者はいなかった。

「なぁ、俺、久保田のこと……」

彩子が何も答えてくれないので、重田は改めてそう告げた。顔を覗《のぞ》き込んでみようかと思っていると、とつぜん目の前に彩子の顔がぬっと現れ、逆にまっすぐに覗き込まれた。

「知ってたよ」と彩子は言った。

「知ってたって、何を？」と重田は訊いた。

「だから、重田くんが、なんていうか、私のこと……」

恥じらう順番をどこか間違っているような気もしたが、たしかに教室でも、グラウンドでも、あれだけ露骨に眺めていれば、動物園の熊《くま》でもない限り、何かしらの感情は伝わるはずだ。

「じゃあ……」

重田は彩子の瞳《ひとみ》を覗き込んだ。そこにはＹＥＳと書いてあるような気がした。

「じゃあって？」と彩子が首を傾げる。

「だから、俺とさ、付き合ってくれんの？」

「そうだよねぇ……、やっぱりそうなるよねぇ」

質問の内容と彩子の態度がどこか噛み合っていないような気がしたが、とりあえず彩子の次の言葉を待った。

コンクリート舗装されているにもかかわらず、広場には青々とした樹々が至るところに植わっていた。初夏の風が足元を吹き抜けていくたびに、樹々の葉のにおいがした。

「じゃあさ、これから私なりの考えを話そうと思うんだけど、私のこと、『バカな女だなぁ』なんて思わないって約束してくれる？」

彩子はまずそう前置きした。

一瞬、首をひねりたくなったが我慢して、「うん、分かった」と重田は肯いた。

「私、今、あんまり成績良くないじゃない？」と彩子は言った。

「そうか？」と今度は重田が首を傾げた。

「……まぁ、重田くんよりはいいよ。でも一般的にみてよ」

「でも中の上ぐらいはいってるだろ？」

「まぁ、ちょっと私の話、聞いてて」

「分かった。聞くよ。でも、あんまり関係ない話は……」

「だから関係あるんだって。私ね、行きたい大学があるわけ、もちろん今の成績じゃ無理なのね。で、ここはちょっと必死になってみようかと思ってるのよ」

「……で？」

「だから、これから夏休みで一番大事な時期じゃない？　その時期をさ、彼氏と楽しく過ごしていいもんかと……。ね？　バカな女っぽいでしょ？」

また彩子に顔を覗き込まれ、「まぁ、利巧な女の言い訳には聞こえないよな」と重田も仕方なく答えた。

「言い訳じゃないんだって」

「要するに俺とは付き合えないってことだろ？」

「そこなのよ。なんていうか、この辺が自分でもほんと可愛くないと思うんだけど、重田くんとは付き合いたいのよ。ただ、今は付き合いたくないの」

「ますますバカな女っぽいよ」

「でしょ？　だからちょっと言うの迷ったんだよねぇ」

「じゃあさ、こうしようぜ。この大切な時期を男と楽しく過ごすのがまずいんだろ？　だったら楽しくならないようにするよ」

「でも、お互いに好意持ってんだから、会ったら楽しくなっちゃうじゃない。それとも会わないようにする？」

最初はふざけ合っているつもりだったのだが、彩子の表情は真剣そのもので、そんな彼女を見ているうちに、なんというか、その志望校とやらに彼女を合格させてやりたくなっていた。

「じゃあ、俺と付き合わずに勉強したら、絶対にその大学に合格するな？」と重田は訊いた。

「そんなの分かんないよ」と彩子が答える。

「約束しろよ。約束するんだったら、俺と付き合わないでいいよ」

途中から何かがズレてきているような気もしたが、言ってしまったものは仕方がない。

「分かった。がんばる」

彩子は不承不承ではあったが、はっきりと肯いた。

その場で別れて、重田は駅の反対側からバスに乗った。バスに揺られながら、何度となく首を傾げたはずだ。告白の結果は最悪なのに、なぜかしらとても気分が良かったのだ。

翌年、彩子は見事志望校に合格した。ただ、不思議なことに、彩子の快挙を重田は素直に喜んでやることができなかった。自分が名も知れぬ専門学校にしか行き場がないことが原因だった。もちろん彩子への思いは、半年間変わらずに持ち続けていたし、これで晴れて恋人になれるという安堵感《あんどかん》もあった。しかし重田は、「……俺のこと、バカな男だなんて思うなよ」と前置きしたあと、「俺がさ、胸張ってお前に会えるようになるまで、待っててくれないか？」と言ってしまったのだ。彩子は最初呆気《あっけ》にとられているようだったが、重田の真剣な表情を見て、「わ、分かった」と肯いた。きちんと付き合っていたわけでもないのに、別れだけはきちんとしていた。

以来、渋谷の坂道でばったり再会するまで、一度も顔を合わせることはなかった。もちろん何度か連絡を入れてみようかと思うことはあったが、彩子が入学した大学の男子学生のあいだでとても人気があることや、雑誌のモデルなどをしているという噂《うわさ》を耳にするたびに、その勇気は消沈し、重田は重田なりにバイト生活とはいえ、青春を謳歌《おうか》していたこともあって、次第に記憶も薄れていった。

ただ、今になって思うと、真面目《まじめ》に自分の店を持ってみようかと考え出したのは、あの渋谷の坂道で、彩子とばったり再会したすぐあとのことで、日々夢想する自分の店には、胸を張った自分が立っており、その隣には必ず彩子の姿があった。

小さいながらも吉祥寺に初めて自分の店を持ったとき、まず最初に彩子の家に電話をかけた。大手広告代理店でバリバリと音が出るほど働いていることは噂で聞いていたし、そのせいでまだ結婚していないことも知っていた。

電話口に出てきた彩子に、「覚えてる？」と重田は訊いた。

「覚えてないと思う？」と彩子は笑った。

重田は何度か練習したとおりに、ことの次第を説明し、もし良かったらオープン記念のパーティーに来てくれないか、と彩子を誘った。

彩子は二つ返事で行くと言ってくれた。「重田くん、変わった？」と訊くので、「別に、大して変わってないかな」と答えると、「私、老けたよ」と彩子が笑う。

「高校んときのままだったら、逆に気味悪いよ」と重田も笑った。

今、付き合っている男がいるのか訊きたかったが、そんなことはどうでもいいような気になった。パーティーの始まる時間を伝え、電話を切る間際、「あのさ……」

と重田は改まった声を出した。

「あのさ……、これは覚えてないと思うんだけど……」

言おうか言うまいかずっと悩んでいたことだった。言えば彩子がパーティーに来ないような気もしたし、逆に言わなければ何のために彼女を呼ぶのか分からなかった。

「お前が大学に合格したとき、俺が言ったこと、覚えてる？」と重田は訊いた。

「重田くんが言ったこと？」

「そう。なんか、ガキみたいなこと言ったろ」

「なんだっけ？」

「だから、なんていうか、……重く受け止めるなよ。俺だって、ずっとそんなこと覚えてたわけでもないし、そのためにこの八年間がんばってきたってわけでもないし、そう言ったからって今回、お前を……」

「前置き、長い！」

彩子は笑った。

「だよな」と、重田も笑った。

本館の長い階段を下りて、途中で下駄に履き替える。そこからは灯籠が並んだ石段となり、急な斜面を下りていく。

後ろをついてくる彩子の下駄の音が、少しずつ遠くなるのを感じて、重田は石段の途中で立ち止まった。ふり返ると、浴衣の裾を揺らしながら、白い素足に下駄をつっかけた彩子の足だけが、ぼんやりと灯籠の光に浮かんで見える。

「ほんとに誰もいないかなぁ」

重田の胸にぶつかるように石段を下りてきた彩子が訊く。

「いたって別にいいだろ」と重田は言い返した。

「だって恥ずかしいじゃない」

「どうせ、いたって爺《じい》さんと婆《ばあ》さんだよ」

ふたり並んで更に続く石段を下りようとすると、重田が羽織っている丹前の袖《そで》をぐっと摑んだ彩子が、「あ、また太鼓だ」と眼下の相模湾のほうへ目を向ける。

耳を澄ましてみれば、たしかにどーん、どーんと、岸壁に打ち当たる波の音が、まるで太鼓のように響いてくる。空には星が瞬き、風に揺れる木の葉のあいだで、きらきらとその姿を現したり隠したりしている。

重田は彩子に袖を摑ませたまま、暗い石段を下り始めた。

「そういえば、バッグに大きな封筒が入ってたけど、あれ入れっぱなしでいいの？」

「ああ、『GQ』だよ。出掛けに郵便受け見たら入ってて。先月から定期購読してんだ」

大浴場には他に客の姿はなかった。

脱衣所の鏡の前で、重田が浴衣の帯をほどいていると、同じように帯をほどく彩子の姿が、壁にかけられた鏡に映る。見るともなしにその仕草を見ていると、浴衣がすっと肩から落ちた。

「ねぇ」

とつぜん彩子に声をかけられ、重田は、「ん？」と鏡の中の彼女に答えた。

「昨日の話の続き、ずっとしないつもり？」

鏡の中で彩子と目が合った。が、重田はわざと視線をそらし、乱雑に浴衣を脱ぐと、大股《おおまた》で湯船まで歩き、湯も浴びずにからだを沈めた。

あとを追ってきた彩子が、手桶で湯を浴びて、そろりと重田の横に入ってくる。その動きに合わせて立った湯の盛り上がりが風呂の縁から溢れ出る。

「不自然じゃない？　昨日の今日で、その話にまったく触れないなんて」

薄暗い大浴場に彩子の声が低く響く。

「……とつぜん、そんな話を一方的にされたって、どう答えればいいか分からないよ」と重田は言った。

酒を飲みすぎたのか、熱い湯で頭の中がぼんやりと霞《かす》んでくる。重田は勢いよく立ち上がると、湯を蹴《け》るようにして縁まで歩き、湯船の縁に尻《しり》をのせた。

「なぁ、一つだけ訊いてもいいか？」

彩子がゆっくりとこちらをふり返る。透明なお湯の下で、彩子の白いからだがゆらゆらと揺れている。

「男ができたんじゃないよな？」

思い切って言葉にしてしまうと、ああ、結局これを一番気にしていたのだと、今さら気づく。

彩子は呆れ果てたように鼻で笑った。そして、ひどく情けなさそうに、「訊きたいのはそれだけなんだ？」とため息をついた。

ふたりとも黙り込むと、またガラス戸の向こうから太鼓のような波音が聞こえた。

どーん、どーんと、何かの始まりを告げるように。

どーん、どーんと何かの終わりを告げるように。

しばらくのあいだ、手先でお湯を弄《もてあそ》んでいた彩子が、「先にあがるね」と告げて、湯から立ち上がった。ここで何か言わなければ、また波音が聞こえてくるのは分かっていたが、肝心な言葉が見つからない。

脱衣所へ戻ろうとする彩子の背中に、重田は、「おい」と声をかけた。そして、「俺なりに、お前を幸せにしてやろうと思ってやってきたつもりだ……」とだけ呟いた。

自分では胸を張っていたつもりだが、顔は下を向いていた。透明なお湯の中、脛《すね》毛《げ》の生えた脚が、まるで枯れ枝のように細く見えた。

顔を上げると、濡れたタオルで胸を隠した彩子が、湯煙の中に立っていた。そして、「私なりに、あなたに幸せになってほしいと思ってやってきたつもりよ」と言った。

「だったら……」

重田は熱い湯を踏んでその場に立った。握っていたタオルが落ちて、湯の中でゆっくり広がり、足首にからみつく。

「幸せなときだけをいくらつないでも、幸せとは限らないのよ」と彩子が言った。

「どういうことだよ？」

彩子は何も答えずに脱衣所へ消えた。

重田は湯船に突っ立ったまま、足首にからんだタオルを蹴った。まるで夢の中で歩いているみたいに緩慢な動きだった。膨らんだお湯が波となって溢れる。思い描いたとおりの生活を、やっと手に入れたはずなのに、一番そこにいてほしい女がいない。まるでパネルをずらして揃えるパズルのように、どうしても一箇所だけ隙間ができる。隙間があるから動かせたのに、隙間があっては完成しない。

重田は熱い湯にからだを沈めた。まだ脱衣所にいるはずなのに、灯籠の並んだ暗い石段を上がっていく、彩子の白い足が目に浮かんだ。

白雪温泉

青森「青荷温泉」

背後の自動ドアが閉まった直後、コトンと何かが落ちるように、目の前の雪景色から一切の音が消えた。一刻も早くタバコを吸おうと、寒風吹きすさぶ空港の外へ一歩足を踏み出したところだった。

辻野《つじの》は一瞬自分の耳を疑った。目の前に広がっているのはたしかに一面の雪景色なのだが、そこに動きがないわけではないのだ。駐車場を回り込んできたバスが目の前で停まり、ドアが開く。白い息を吐きながら降りてきた乗客たちの足が、積もった雪を踏みしめている。それなのに、停車したバスのエンジン音も、雪が踏みしめられる音も、一切の音が消えている。

最初にバスを降りてきた若い男が、辻野の傍らを通り抜けて空港内へ入っていく。その瞬間、背後で自動ドアが開き、東京行きの遅延を知らせるアナウンスがやっと耳に飛び込んでくる。

辻野はポケットからタバコを取り出すと、走り去っていくバスを見送りながら、かじかんだ指で火をつけた。長い庇《ひさし》が伸びているので、雪が吹き込んでくることはないが、数歩先には見ているだけで立ちくらみを起こしそうな吹雪《ふぶき》が舞っている。タバコの煙と一緒に、真っ白な息が流れていく。流れた先には、同じく雪に覆われた真っ白な風景がある。

タバコを一本吸い終わったころ、飛行機を降りてトイレに直行していた若菜が、きょろきょろと土産物屋《みやげものや》を見ながら歩いてくる姿が見えた。辻野は若菜も同じように自動ドアを出た瞬間、何か奇妙な感覚を味わうのではないかと期待して、柱の陰に身を隠した。

しかし、自動ドアから出てきた若菜は、目の前の雪景色を一瞥《いちべつ》しただけで、ぶるぶるっと身を震わすと、慌ててバッグのなかから革手袋を取り出した。きょろきょろと自分を探しているらしいので、「ここだよ」と、辻野は柱の陰から顔を出した。

「あ、そこなんだ」

とつぜん背後から声をかけられ、一瞬ビクッとした若菜が、手袋をはめながらひょこひょこと跳ねるように歩いてくる。

「なぁ、今、なんか感じなかった？　そこから出た瞬間」と辻野は訊いた。

「そこから出た瞬間？」

「自動ドアから出た瞬間」

「『あ〜、さぶっ』って思った」

「それだけ？」

「そう。それだけ」

「なんかこう、音が一瞬、消えたような感じしたろ？」

「音？」

首をかしげた若菜が、面倒くさそうに周囲を見渡し、「別に。……普通に音するじゃない」と口を尖《とが》らす。

「おまえも風情《ふぜい》がないねぇ」

「だって、ちゃんと音するもん」

「国境の長いトンネルを抜けると雪国であった。の世界なんて、おまえにはぜんぜん理解できないんだろうなぁ」

「自分だって理解できないくせに」

「俺は、今、そこから出てきた瞬間、その醍醐味《だいごみ》を味わったぞ。なんていうか、とつぜんの？　静寂？　みたいな」

「何が『とつぜんの？　静寂？』よ。……私だって、これが一人旅だったら、それくらい簡単に感じられるって。外に出てきたとたん、『なぁ、今、なんか感じなかった？　なぁ？　なぁ？』なんて、うるさい男と一緒じゃなければね」

憎たらしい若菜の物言いに、辻野はフンッと鼻で笑って、濡れた地面に下ろしていたバッグを持ち上げた。

「ねぇ、そんなことより、バスの時刻表調べてくれた？」

「だから、バスだと、弘前《ひろさき》駅まで出て、そこでまた電車乗り換えてって大変だから、もったいないけどタクシーで行こうって決めたろ？」

「そうだっけ？」

「そうだよ。ここからだと六千円くらいなんだって」

「六千円？　六千円あったら、この前なくした定期買えるじゃない。しっかし、ほんともったいないよね。落とした瞬間、なんか感じたのよね。ほんとに。……あのとき、ちゃんと後ろを振り返ってればよかった」

ここ数日、毎日のように聞かされている若菜の後悔話を無視して、辻野はタクシー乗り場のほうへ歩き出した。耳を千切りとっていくような寒風が、正面から吹きつける。

暖房の効いたタクシーに乗り込むと、辻野は、「う〜、さぶっ」と一度身震いしてから、「あの、道の駅の『虹《にじ》の湖《こ》』ってところまでお願いします」と運転手に告げた。

雪を払っていないような髪をした運転手が、「ああ、青荷《あおに》温泉のお客さん？」とすぐに尋ねてくる。

「ええ。そこから旅館の送迎バスが出てるんですよね？」

「そだね。出てるね」

素っ気ない言葉が戻ってきて、タクシーが静かに動き出す。動き出したと同時に、

「ねぇ、タクシーで旅館まで行けないわけ？」と若菜が横から訊いてくる。

「雪が深くて、普通の車じゃ行けないんだって。おまえが買ってきたガイドブックにそう書いてあった」

「『るるぶ冬の東北』？　でも、あの雑誌だけだったら、銀山《ぎんざん》温泉のほうにすればよかったかなぁって思うでしょ？」

「あれは写真がいいだけだって」

「そうかな。まぁ、今回は『雪のなかの一軒宿』に行くってのが目的だったんだか

ら、青荷温泉のほうが正解なんだけどね。それにしても、どうする？　ちょっと信じられないくらいさびれた温泉だったら？　ほら、あれ、いつだっけ？　前に西伊豆の民宿に泊まったじゃない。百円入れないと、冷房効かないところ」

「ああ、あった、あった。まだ十一時なのに、『いつまで、べちゃくちゃ喋《しゃべ》ってるんだ！』って、民宿のおじさんに叱られたところな」

「そうそう。あれ、びっくりしたよねぇ。なんでお客なのに叱られなきゃならないのよねぇ？」

「よっぽどうるさかったんだよ。おまえが」

「なんで私よ？　そっちがずっと喋ってたんじゃない」

空港を出たタクシーは、汚れた雪道を、文字通り滑るように走っていた。歩道に立つ標識や街灯が半分ほど雪に埋もれている。

「しっかし、あんたたちも仲がいいっていうか、類は友を呼ぶっていうか、よくそんなに喋ってて、飽きないっていうか、話が尽きないわねぇ。ほんと、今さらながら感心するわ」

数週間前、結婚式の打ち合わせも兼ねて、辻野は若菜の実家を訪れた。そのとき、夕食の席で出前の寿司《すし》を抓《つま》みながら、若菜の母親がふとこぼした科白《せりふ》がこれだった。

辻野にしてみれば、いつもと変わらぬ感じで横に座っている若菜相手に、「回転寿司は駅前の店より、団地裏にある店のほうがうまい」「いや、団地裏の店はネタはいいけど、シャリがおいしくない」などと言い合っていただけなのだが、母親の目には、仲が良いのを通り越して、その様子が少し気味悪く映ったらしい。

若菜の母親も決して無口なほうではないのだが、若菜が小学生のころに亡くなった自分の旦那というのが、それこそ日に三言しか喋らないような男だったらしく、これまたよく喋る若菜を相手に、まったく引けを取らない辻野の様子を見るにつけ、呆れたような、感心するようなため息をもらす。

「ご両親から、男のくせに、なんて叱られたことないの？」

ガリを齧《かじ》りながら、若菜の母親が呆れたように訊いてくる。

その質問に、「うちではこんなに喋りませんもん」と、辻野がしれっと答えれば、

「うそばっかり。家でもべらべら喋ってんじゃない。私がおとなしくしてるのをいいことに、もう一人舞台よ」と横から若菜が口を挟んでくる。

「あれのどこがおとなしいんだよ？」

「おとなしいじゃない。お義母《かあ》さんたちの前では、私、絶対に普段の半分も喋って

ない」

ここから、いつもであれば延々と言い合いが続くのだが、このときはさすがに呆れ果てたらしい若菜の母親から、「お姑《しゅうとめ》さんの前で、普段の半分も喋れれば大したもんよ」と突っ込まれ、珍しくいつもの言い合いも早々と断ち切られた。

「しっかし、我が娘ながら、この子って子供のころから、お喋りで、騒々しくて、なんていうか、脇役《わきやく》タイプなのよねぇ」

汚れた皿を重ねながら、若菜の母親がぽつりとこぼす。その言葉に思わず辻野が吹き出すと、「失礼ね。一人娘つかまえて、何が脇役タイプよ！」と若菜が口を尖らす。

「だってそうじゃない。あいちゃんにしろ、まきちゃんにしろ、あんたの友達ってみんなおとなしくて可愛い子なのに、その横で、それこそ脇役みたいに、ああでもない、こうでもないって騒いでたのがあんたじゃない」

若菜の母親の説明を聞いて、その様子を容易に想像できた辻野が、「ハハ、脇役ってすごいよな」と笑い出すと、「何、のんきに笑ってんのよ。その脇役と結婚しようとしてるんだから、あんただって立派な脇役じゃない」と若菜が睨《にら》みつける。

「ハハハ、ほんとよ。ほら、よくテレビドラマなんかにも出てくるじゃない。主人公夫婦のお隣さんで、何かと夫婦の事情に首つっこんでくるお節介な夫婦が」

母親も調子に乗って笑い出す。

「やめてくださいよ。あ〜あ、なんか急に結婚する気が失《う》せてきた」

その日の帰り道、駅前のコンビニに肉まんを買いに行くという若菜と連れ立って歩いていると、「しかし、脇役夫婦ってひどいよな」という言葉がぽろっとこぼれた。

夕食のときには、その場の冗談としか思っていなかったのだが、その言葉がじわじわと効いていることに気がついた。

「ほんとよ、何が脇役夫婦よねぇ」

「俺、そんなによく喋るかな？」

辻野が窺うように尋ねると、「まぁ、無口なタイプじゃないよね」と、若菜が真顔で答える。

「そうか？」

「だってほら、柳沢くんと比べたら……」

「だって、あいつは極端だよ。あんなのと比べられたら、無理」

「でも、世間ではあれが男の標準なんじゃないの？」

「あんなのが標準だったら、この世の中もっと静かだって。それに、柳沢、出すんだったら、あいつの彼女とおまえ比べてみろよ」

「あ、それ反則だって。彼女、おとなしすぎるもん」

「なぁ、あのカップルって、ほんと静かだよな？　あれで一緒にいて楽しいんだろうか？」

「うまくいってるってことは楽しいんじゃない？」

「あんなにお互いに黙り込んでて？」

「二人っきりのときは喋るでしょ」

「俺らみたいに？」

「さぁ、ここまで喋るかどうかは知らないけど……」

そこで、ふと顔を見合わせた。おそらく同じことが頭に浮かんだようで、それを口にするべきかどうか若菜の顔が迷っている。

「……なぁ、俺らが脇役カップルってことは、あいつらが主人公カップル？」

先に口を開いたのは辻野だったが、「まぁ、一般的にはそうなるんじゃないの」と、若菜も素直に認める。

「なんか納得できないけど……、そうだよな」

「まぁ、いいじゃない」

「まぁ、いいじゃないって、おまえも諦《あきら》め早いねぇ」

「そう？　だってさ、言わせてもらえば、私たちは物語の主人公になるには、感性が鋭すぎるのよ。ほら、基本的に主人公って鈍感な人間じゃない」

「そうか？」

「そうよ。鈍感だから、事件に巻き込まれたり、不倫したり、されたりするわけでしょ？　だから、私たちみたいな感性の鋭い人間が、横から『オイ、オイ』って突っ込んでやらなきゃいけないわけよ」

自信たっぷりな若菜の説明に、辻野は思わず、なるほどな、と肯きそうになる。


デパート勤務の若菜と久しぶりに休みが重なって、たまには温泉にでも行ってみようかという話が出たのは、二週間ほど前のことだった。

当初は箱根辺りの近場で探していたのだが、「ここ、いいよねぇ」と思う宿は、「ちょっと、この料金見てみろよ」の宿で、かといって、「一泊、これぐらいじゃないか？」と思う宿は、「何よ、このせこい露天風呂は」の宿だった。

結局、どうせなら遠出しようということになり、若菜が買ってきた「るるぶ冬の東北」のなかから、青森にある「ランプの宿・青荷温泉」に予約を入れた。雑誌ではそれほど大きく取り上げられていたわけではなかったのだが、数年前にJRのキャンペーンのポスターで、浴衣姿の鈴木京香が訪れていたのがこの温泉で、若菜にそう言われてみれば、たしかに駅に貼《は》ってあったそのポスターを見て、「たまにはこういう温泉でのんびりしたいなぁ」と思った記憶が辻野にもあった。

若菜が電話で予約した際、「お部屋のご希望はありますか？」と訊かれたという。離れもあるという話だったので、「やっぱり、離れだと料金も高くなるんでしょうか？」と若菜が訊くと、「いえ、同じですよ」という答えが返ってくる。若菜は迷わず、「じゃあ、離れで」と頼んだらしい。

空港から乗ったタクシーが、道の駅「虹の湖」に到着すると、旅館の送迎バスが待っていた。送迎バスは一日に数本しかないので、「タイミングよかったねぇ」「やっぱり日ごろの行いが……」などと言い合いながら、辻野と若菜はその小さなマイクロバスに乗り込んだ。バスの座席は、すでにグループ旅行らしい初老の男女でほとんどが埋まっており、新幹線で酒でも飲んできたのか、賑《にぎ》やかな笑い声が響いている。

一番後ろの座席に着くなり、「離れにしといてよかったね」と若菜が言うので、

「ほんとだよ」と辻野も肯いた。

　バスは五分ほどして、道の駅を出発した。国道を数分走り、険しい山道を上り始める。相変わらず窓の外は猛吹雪で、ガラス窓は内側がくもり、外側が凍っているので、ほとんど景色が見えない。辻野は手袋をはめた指で、ガラス窓のくもりをふき取った。それほど上ったわけでもないのに、窓の下に雪で縁取られた樹々が見下ろせ、白い森が遠く向こうの空まで続いている。雪景色が白く見えるのは、晴れた日だけなのだろうと辻野は思う。目の前に広がる猛吹雪の雪景色は、どう見ても藍《あい》色《いろ》にしか見えない。

「ねぇ、料理おいしいかな？」

「青森って何が名産だっけ？」

「さぁ、魚？　でも、ここは山のなかだから、やっぱり山菜？　あ、キノコのてんぷらとかおいしそうだよね」

　なんだかんだと喋っているうちに、バスは山の頂上に達し、眼下に恐ろしくなるほどの白く深い谷が現れる。

「宿はあそこです」

　運転手がとつぜん大声で叫び、座席から一斉に、「ああ」とか、「ほう」とか声が上がる。

「どれよ？　どこよ？」

他の客たちと同じように首を伸ばした若菜が、辻野の肩を摑むようにして谷底を見ようとする。

「あれだよ、あれ」と辻野が指を差しても、「どれよ？　どこ？」と一向に宿を見つけられない。

「あれだって」

「どれ？」

そこから道はとつぜん急な下り坂になる。まるで谷底に落ちていくように、バスが雪山を下りていく。深い谷底で雪に埋もれている宿を、若菜はどうしても見つけられない。

宿に着くと、バスを降りたグループ客たちと一緒に、本館の薄暗い帳場に入った。吹雪とはいえ、まだ三時を回ったばかりだというのに、目を細めないと廊下の先が見えないほど暗い。

「ねぇ、ランプの宿ってさ、もしかしてほんとにランプの宿？」

露天風呂の場所や食事処《しょくじどころ》を説明する宿の主人に聞こえないように、若菜が辻野の耳元でぼそっと呟く。

「ほんとだな。ほんとにランプだけなんだ、ここ」

辻野もさすがに不安になって廊下の奥のほうへ目を向ける。黒光りする薄暗い廊下に一定の間隔を空けて、ランプがぽつんぽつんと置いてあり、まるでその周りにだけ光がこぼれているように見える。

一通りの説明が終わると、グループ客から順番に仲居が部屋へ連れていった。最後まで残った辻野たちが、帳場で宿の主人に名前を告げると、「ああ、離れのお客さんね。やすこさん！　こちら十方堂《じっぽうどう》、右1のお客さんだから」と、小太りな仲居に声をかける。

「何よ、右1って？」

小声で若菜が呟き、「離れって、俺らだけじゃないんだな」と辻野も首を傾げた。

黒光りする廊下を、小股でちょこちょこと歩く仲居に連れられて本館を抜けた。裏口を出ると、まるで一枚の絵画のような美しい雪山が立ちはだかる。自分たちが深い谷の底に、それこそ降り積もる雪のようにいるのが分かる。

舞い落ちてくる粉雪を呑《の》み込むように、細い渓流が音を立てて流れている。そこに吊り橋がかかり、辻野たちは仲居のあとに続いて渡る。三人の体重で吊り橋がしなり、手すりに積もった雪が落ちた。

案内された離れは、予想以上に大きな建物だった。ストーブの焚かれた玄関で雪のついた靴を脱ぎ、その茅葺《かやぶき》屋根を見上げていると、玄関からまっすぐに伸びた廊下に上がった仲居が、「お部屋はこちらになりますので」と、一番手前のふすまを開ける。不気味というのではないが、建物全体にどこかピンと張りつめたような空気が走っている。

若菜に背中を押されて、辻野は部屋のなかに一歩足を踏み入れた。十畳ほどの何の変哲もない和室で、ストーブが焚かれた室内は暖かく、天井からランプが一つ吊り下げられている。

「あの、ここの離れって、ほかにもお客さんが入るんですか？」

同じように室内をぐるりと見渡した若菜が、廊下に突っ立っている仲居に尋ねる。

「ええ。普段は四組なんですけど、先週から向こう左の1と2を物置きにしてましてね。ですから、今夜はお二組だけですよ」

仲居の説明を聞きながら、辻野が奥の部屋と仕切りになっているふすまを開けようとすると、「あ、そっちにもう一組、お泊まりになりますから」と、仲居が慌てて辻野を制す。

「え？」

辻野はふすまから手を引いた。

「え？　じゃあ、このふすまだけですか？　この向こうにもう一組？」

辻野が素《す》っ頓狂《とんきょう》な声を上げると、「え、ええ」と仲居が不思議そうな顔をする。

「ま、まだいらっしゃらないんですよね？」

「ええ、まだみたいですねぇ。四時のバスでいらっしゃるんじゃないですかねぇ」

仲居がそう呑気《のんき》に答える。

辻野はストーブに手をかざしている若菜と目を合わせた。さすがに見ず知らずの他人とふすま一枚隔てただけの部屋では落ち着かない。

「あの、こっちの部屋のお客さんって、どういう方なんですかねぇ？」

辻野の質問に、「さぁ。まだ、お着きになってませんからねぇ」と仲居が首をひねる。

「あの、向こうの本館のほうに部屋を替えてもらうことってできますか？」

「あれ、今日はもう満室だったと思いますけど……、なんでまた？」

「なんでまたって……。だって、このふすまだけでしょ？　鍵《かぎ》もないわけですよね？」

「あ、ああ。鍵なら本館の部屋のほうもないですよ。何か貴重品があるんでしたら、帳場のほうで預かりますけど」

辻野は若菜のほうをちらっと見やった。若菜の顔に、ここでいいんじゃない？という諦めの色が見える。

仲居がお茶もいれずに姿を消すと、「ちょっと、そっちの部屋、開けてみてよ」と若菜が言う。

「でも、他人の部屋なんだろ？」

「まだいないから大丈夫だって」

辻野は恐る恐るふすまを開けた。まるで鏡が置かれているように、やはりそこにもこちらとまったく同じ造りの和室があり、同じ型のストーブが焚かれ、同じランプが下がっている。

辻野が若菜と知り合ったのは、今から三年ほど前のことになる。当時、辻野は大学を卒業して、やっと就職できた大手エレベーター設備会社の新入社員で、若菜もまた大学卒業後、大手デパートに入社したばかりだった。

月並みだが、出会いは辻野の同期社員が企画したコンパで、そこに若菜がやってきたのだ。第一印象としては、男性陣キャプテンが自分なら、女性陣のキャプテンはこいつなのだろうといった程度だ。辻野は特におもしろいことを言えるわけではないが、とにかく子供のころから口だけは達者で、こういったコンパの場合、いつの間にか盛り上げ役になっていることが多い。ただ、このときばかりはその座を若菜に奪われてしまった。

盛り上げ役同士がくっついてしまうコンパほど盛り上がらないコンパはないわけで、たしかその日は早々に解散になったはずだ。別れ際に電話番号を交換したので、後日、辻野は連絡を入れた。お互いに仕切り屋同士、とんとんと話は進んで、「じゃあ、今度、一緒に食事でも」ということになり、その週の金曜日には銀座のおでん屋で食事をし、土曜の朝には若菜は辻野の部屋でコーヒーを沸かしていた。

お互いに熱烈な一目惚《ひとめぼ》れだったというわけでもない。ただ、お互いに何しろ盛り上げ役のキャリアが長いので、ついついその癖が出てしまい、どんどん加速していく交際をどちらも止められなかったといったほうがいい。

もちろんお互いに好感を持っていたのはたしかだが、それが世間で言うところのラブラブというのとはちょっと違って、ラブラブというのが互いに向き合い、ねっとりと視線を絡み合わせているような関係ならば、辻野と若菜の場合は、横に並んでゆっくりと歩き出したのはいいが、次第にその歩調が速くなって、急ぎ足から駆け足になり、気がつくと、相手に負けじと全力疾走《しっそう》しているような感じに近い。

若菜と出会う前まで、辻野はどちらかというと盛り上げ役の役目というか、性質というか、物静かで控えめな女の子と付き合うことが多かった。ただ、相手が物静かだと、どうしても気を遣ってしまって、くだらぬことをべらべらと喋り続けている自分に気づく。この国では往々にして口数の多い男は、どこか底の浅いイメージがあるようで、ふと気がつくと、すでに相手は去っており、そこには喋り続ける自分だけが残っていることも少なくない。

それがやっと仲間に会えたというか、天敵を見つけたというか、若菜の場合、こちらが十喋れば、二十にして返してくる。

出会ったばかりのころ、「なぁ、やっぱりお喋りな男って魅力ない？」と、単刀直入に辻野は若菜に尋ねたことがある。驚いたことに、「え？ 辻野くんってお喋りかな？」と若菜は言った。「いや、無口なほうじゃないだろ」と辻野が苦笑すると、「でも、『俺ってさ、本当は無口なんだ』なんて、普通に喋ってる男よりマシじゃない」と笑う。

辻野は若菜と出会って初めて、自分はただ喋りたいのではなく、誰かに喋ってもらいたかったのだと気がついた。誰かにいろんなことを語って欲しくて、こうやって先に自分が必死に喋っていたのだと。


とりあえず、混浴の露天にでも行きますか？　と、お揃いのタオルを首にかけて、辻野たちが部屋を出たときにも、まだお隣さんは到着していなかった。

「もしかしたら、キャンセルしたんじゃないの？」

「だったら、気が楽だよな」

「でも、この建物に二人だけっていうのも、ちょっと不気味な感じしない？」

「隣に知らないやつらが寝てるほうが不気味だよ」

備え付けの長靴を履いて、辻野と若菜は離れを出た。外は一段と暗くなり、露天風呂へと続く細い雪道に、小さなかまくらが作られ、そこに一つずつランプが置いてある。

積もった雪を踏みしめながら、露天風呂のほうへ歩いていると、吊り橋を渡ってくる人影があり、「ねぇ、あの人たちじゃないの？　お隣さん」と、背後から若菜が声をかけてくる。

さっきの仲居が先頭に立ち、そのうしろから三十二、三ぐらいだろうか、辻野たちよりは間違いなく年長のカップルが、足元の渓流を眺めながら歩いてくる。

「たぶん、そうだな。あの人たちだな」

「良かったじゃない。なんか、ふつうの人たちで。これが子供連れだったりしたら大変だよ」

露天風呂は吊り橋のこちら側にあるので、一足早く辻野たちのほうが橋のたもとを過ぎた。通り過ぎるとき、まだ吊り橋の真ん中辺りを歩いていた仲居が、小さく会釈を送ってくる。辻野も同じように軽く頭を下げた。ただ、仲居の後ろを歩いてくる二人は、相変わらずこちらに気づかず、ずっと足元の渓流を見下ろしていた。辻野は若菜に浴衣の袖を引っ張られるようにして、露天風呂に向かった。それでも仲居の後ろから歩いてくる二人が気になって、なんとなく振り返ってしまう。

二人はすでに吊り橋を渡りきっており、仲居のあとに続いて十方堂への雪道を歩いていく。その背中を眺めながら、扉を閉めようとした瞬間、女のほうがちらっとこちらを振り返った。辻野は慌てて、ぺこっと頭を下げた。女にも辻野の姿が目に入ったようで、小さく会釈を返してくる。その様子が、どこかシンとしていた。

扉を閉めると、「あ〜、さぶい、さぶい」と震えながら浴衣を脱ぐ若菜の横で、辻野も手早く浴衣を脱いだ。

　露天風呂には誰も入っていなかった。もうもうと立つ湯気が、周囲の雪に溶け込んでいく。

　しばらく熱い湯に浸かっていると、「ねぇ、来週、お義父さんの誕生日でしょ？　どんなプレゼントがいいのかな？」と若菜が言い出す。父親の誕生日などすっかり忘れていた辻野は、「別にいいよ、プレゼントなんて」と言い返した。

「そうもいかないでしょ。実の娘ならまだしも、義理の娘になるんだから、そういうことはちゃんとやっといたほうがいいよ」

「……なぁ、さっきの二人さ、なんか、こう、ちょっと雰囲気違ったよな？」

　辻野はとつぜん話を変えた。さっきちらっと目にした女の様子が、なぜかしらずっと気になっていた。

「さっきの二人って、お隣さん？」

「そう」

「別に、普通だったけど」

「そうか？　なんか、こう……」

「静かそうな人たちだったから、よかったじゃない」

「そうなんだよ。それは俺もそう思うんだけど……」

「何よ？　何が言いたいわけ？」

「いや、だからさ……」

二人が吊り橋を渡ってくる様子を眺めているとき、たしかに辻野は最近どこかで感じたのと同じような印象を受けた。ただ、それがいつ、どこで、受けた印象なのか思い出せない。

「いくつぐらいだろうね、あの人たち」

熱い湯にのぼせないように、若菜は岩に腰掛け、上半身を湯から出していた。赤く火照《ほて》った若菜のからだからも、もうもうと白い湯気が立っている。

「さぁ、三十ちょっとじゃないか」

「夫婦だと思う？」

「さぁ」

「私はそうじゃないような気がするんだよねぇ」

「なんで？」

「なんでって言われても困るけど、なんか、こう……」

「な？　なんか、こう、ちょっと雰囲気が違ったろ？」

「何と？」

「いや、だから、何とってことはないんだけど……」

「なんかさ、あの二人、お忍びって感じしなかった？　それもね、男の人のほうに奥さんがいるんじゃなくて、あの女の人のほうに旦那がいるって感じ」

いい加減な若菜の推理を聞きながら、辻野は湯のなかをしゃがんだまま移動した。熱い湯が胸に当たり、左右へと分かれていくのが肌で感じられる。

風呂の端まで進み、岩に積もった雪を掬《すく》い取ろうとすると、とつぜん背後で若菜が笑い出す。「なんだよ？」と振り返れば、「いや、この前、お母さんが言ってたことと、急に思い出しちゃってさ」とますます笑う。

「何？　お義母さんが言ってたことって？」

「ほら、私たちは脇役でとかなんとか」

「あ、ほんとだな。たしかにお隣さんのこと、ああでもない、こうでもないって噂してるよ、俺ら」

二人で笑い合っていると、ガタガタと脱衣所のほうで音が立ち、年配の女性たちの声が聞こえた。

「誰か来たみたいだな。俺、先に上がるぞ」

そう言うと、辻野はすっと立ち上がり、濡れたタオルで股間を押さえて湯から出た。痺《しび》れたように熱くなっている足の裏に、踏みつける雪が冷たい。

脱衣所で辻野は年配の女性たちに背を向けるようにして手早く着替えた。相手が一人なら向こうが恥ずかしがるのだろうが、さすがに五対一だと分が悪い。

まだ濡れた髪のまま外へ出たのだが、雪混じりの寒風が火照った頰《ほお》に心地よい。辻野はスキップするように十方堂へ向かった。

玄関で長靴を脱ぎ、先にトイレで用を足してから部屋へ戻った。なんとなく自室のふすまを静かに開けたのは、隣の部屋にあの二人がいると意識していたからだ。

部屋に入ると、辻野はストーブの前にタオルを干した。やはりランプだけでは暗すぎて、部屋のどこにタバコを置いたのか、なかなか見つからない。

辻野はとりあえず座布団に座り込んだ。自分ではまったく気にしていないつもりでも、やはりふすまの向こうの音が気になる。茶碗をコトンと置く音や畳がすれる音など、向こうの音がこちらに聞こえているということは、こちらの音も間違いなく向こうに聞こえているはずで、なんとなく一々の動きが控えめになってしまう。

辻野はやっと見つけ出したタバコに火をつけた。ジュボッと鳴ったライターの音が響くほど、部屋のなかはシンとしている。

　さっき吊り橋のところでちらっとでも見かけておいて良かったと思った。これでふすまの向こうにどんなやつらがいるのか知らなかったら、おちおちタバコも吸っていられない。

　辻野はストーブの前でごろんと横になった。テーブルから灰皿を下ろし、自分の腹の上に置く。

　ふすまの向こうからは、たしかに人のいる気配が伝わってくるのだが、いくら待ってもその声が聞こえない。「ご飯の前にお風呂は入るでしょ?」とか、「ここの露天、混浴みたいだな」とか、なんでもいいから、彼らの声を聞きたくて仕方ない。一言でも声が聞こえてくれれば、きっとこの緊張もすっととけるに違いないと。

　息を殺すようにタバコを吸い続けていると、廊下側のふすまがすっと開く音がした。若菜が帰ってきたのかと思い、さっと体を起こしたのだが、開いたのはこちらではなく、隣のふすまだったらしく、続けて廊下を便所のほうに歩いていく足音が響く。この感じは男のほうだなと辻野は思った。特に荒々しい歩き方ではないのだが、その廊下の軋《きし》みで体の大きさが想像できる。

　男の足音が便所に消えて、また一切の音がなくなってしまう。間違いなく、このふすまの向こうには、さっきの女がいるのだが、まるでそこにも雪が降り積もっているかのように音がない。

そのとき、玄関がガラガラと開いた。長靴を脱ぐ音がして、すぐにすっとこちら側のふすまが開く。

「うわっ、暗っ」

まったく遠慮もなく若菜が大声を上げるので、辻野は慌てて、「シッ!」と声を出さずに指を唇に押し当てた。

「な、何よ?」

とつぜんで訳が分からなかったらしく、若菜がきょとんと突っ立っている。辻野は声を出さずに隣の部屋のほうを指差した。そこでやっと若菜も理解して、「あ、ああ」と声を出さずに肯いてみせる。

「そろそろ夕食の時間でしょ? 私、おなかすいちゃった」

根が図太いのか、無神経なのか、ふつうの声で若菜が言う。一瞬、また「シッ!」と咎《とが》めようとしたのだが、よくよく考えてみれば、こちらが遠慮すれば、向こうもますます遠慮しなければならなくなるなと思い直した。

「でもさ、こんな薄暗い部屋だと、ご飯食べたあと、何もやることないね」

若菜が乳液を頬に塗りこみながら、いつもの調子で話し始める。

「ほんとだよな。テレビはないし、この明かりじゃ本も読めないし」

つられて辻野も声を出した。さっきまでは自分の息遣いまで気になっていたのに、いったん声を出してしまえば、それがなんでもないことに思える。

「酒飲んで、めし食って、もう一回風呂に入ったとしても九時だろ？」

「なんか、本館の向こう側にも、別のお風呂があるみたいね。今度、そっちに行ってみようよ」

普通に話し込んでいると、便所から出てきた男が廊下を歩いてくる足音がする。さすがに若菜も耳を澄まし、その足音がふすまの向こう側に入ってくるまで聞いている。

部屋に戻った男が、何か声をかけるかと待ったが、やはり言葉は交わされない。

「さっ、ごはん、ごはん」

乳液のふたをパチンと閉めた若菜が、そう言って立ち上がる。

「そうだな。さっ、ごはん、ごはん」

辻野も若菜を真似てそう言った。わざと大きな声を出したわけではなかったが、なぜかしら自分が、ふすまの向こうの二人に聞かせるように声を出していた。

夕食は大広間に用意されていた。辻野たちが一番乗りだったらしく、手のつけられていない料理だけが、長テーブルに並んでいる。

「うわっ、ここもランプだけなんだ」

「ほんとだな。これじゃなんの料理かも分からないんじゃないの」

「そういう場合は、これはお芋の煮物かなぁ、なんて予想しながら食べるのよ」

「口に入れて違ったらびっくりするな」

スリッパを脱いで部屋に上がると、一番奥のテーブルに「辻野様」と書かれた名札がすぐに見つかった。

「ご飯とかお味噌汁《みそしる》とかセルフサービスなんだ」

若菜がぶつぶつ言いながら、長テーブルの間を歩いていく。たしかに大広間の中央には、風呂釜《ふろがま》のような鍋と炊飯ジャーが置いてある。

「ビール、飲みたいよな」

「あそこで頼めばいいんじゃないの？」

若菜が指差したほうに目を向けると、差出口になっているらしい小窓の向こうに厨房が見えた。

ビールを注文して二人で地味に乾杯し、薄暗い大広間で、これは海老か？　これはごぼうか？　などと箸を動かしているうちに、一人、二人と他の客たちも姿を現し、同じように部屋の暗さに戸惑いながらも、各々のペースで食事を始めていた。

途中、宿の主人が顔を出し、「えっと、右側の小鉢が……」とすべての料理を説明してくれたのだが、そのときすでに辻野たちはあらかた食べ終わってしまっていた。

最後にお茶漬けでも食べようかと、辻野が席を立ち、大広間中央の炊飯ジャーのほうへ歩いていくと、その先の一番奥にいつの間にか現れていた「お隣さん」カップルが、静かに箸を動かしている姿が見えた。

辻野は茶碗にごはんをよそいながら、気づかれないようにそちらをちらちらと見ていたのだが、二人はたまに目を見合わせて微笑むだけで、ここでも言葉を交わしていない。ただ、まったく言葉を交わしていないのに、その様子が同じ大広間にいるどのグループ客たちよりも幸せそうに見える。

そのときだった。向かい合い静かに微笑み合っている二人を眺めていると、ふと、空港から出たときの感じが蘇《よみがえ》った。そう、コトンと何かが落ちるように、目の前にいる二人から一切の音が消えたのだ。もちろんそこに動きがないわけではない。

二人は箸を器用に動かし、ときどき顔を見合わせる。茶碗を置けば、そこに音が立っているのだろうし、男のグラスは女が注いであげたビールで満たされている。それなのに、大広間のその一角からだけ、一切の音が消えている。

辻野は思わず二人に見入っている自分に気づき、慌ててしゃもじをジャーに戻した。振り返ると、若菜が首を伸ばしてこちらの様子を窺っている。

席に戻った辻野は、「思い出したよ」と若菜に告げた。「ほら、さっき言ってただろ。あの二人を見た瞬間、なんか、こう、雰囲気が違う気がしたって」と。

「あの二人？」

「ほら、お隣さん」

「あ、ああ。さっきからあそこで食べてるじゃない」

若菜の席からは二人の様子が見えていたらしい。

「あの二人、今日、空港から外に出たときに、ふと感じた雰囲気と同じ雰囲気なんだよ」

「え？　何？」

「だから、空港から出たとき言ったろ？」

「なんて？　ねぇ、それより、その浅漬け、食べないんだったらちょうだい」

「食べるよ。お茶漬けにするんだから」

「お茶漬けにするのに、そんなてんこ盛りにしてきたの？」

若菜に笑われて、辻野は手元に視線を落とした。たしかにお茶漬けにするにしては、多すぎるごはんが入っている。


夕食を終えて、いったん部屋に戻った。薄暗いランプだけの部屋でタバコを吸って、義理の父親に何をプレゼントすればいいかと迷う若菜と、ああでもない、こうでもないと意見を出し合っていた。

辻野たちから三十分ほど遅れて、隣のカップルが部屋に戻った。相変わらずごそごそと物音はするのだが、一向にその声が聞こえてこない。

お隣と入れ替わるように、今度は辻野たちが部屋を出て、本館の先にある「健六《けんろく》の湯」に向かった。こちらは男湯と女湯が別で、のんびりと湯に浸かる。目を閉じると、自分が雪深い谷底の小さな湯船に、たった一人で浸かっているのだとしみじみ感じる。

この雪の下にはどんな景色があるのだろうかと辻野は思う。深い雪に覆われた、本来の山の姿を、いつかまた見に来たいと思う。

風呂を出て、部屋に戻ると、すでに若菜が布団を敷いて横になっていた。

「今まで入ってたんだ?」と呆れるので、「まさか、本館のなかを探検してたんだよ」と辻野は答えた。

「何かあった?」

「別に。熊の毛皮とか、いきなり壁にかかってて、ちょっとビビっただけ」

まだ九時半にもなっていなかった。なんとなく同時に時計を見てしまい、同じ感想を持ったらしい若菜が、「さぁ、どうする? ごはんも食べた。お風呂にも入った。テレビもねぇ。本も読めねぇ」と吉幾三の歌を真似て笑う。

辻野は一瞬、若菜の布団に入ろうかとも思ったが、さすがにふすまの向こうが気になって、ごろんと冷たい自分の布団に寝転んだ。

「今、こっちにこようと思って躊躇《ちゅうちょ》したでしょ?」

若菜が見透かしたようにぼそっと呟き、「まぁ、良心的な値段だし、そこんとこは我慢しないとね」と笑う。

いるのかいないのか、ふすまの向こうからは音もしない。

いくら何もやることがないとはいえ、さすがにこんなに早い時間から眠れるわけがないと思っていたのだが、しばらく目を閉じていると、遠くからすー、すー、という誰かの寝息が聞こえ、それが若菜のものなのか、ふすまの向こうからなのかも判断できぬうちに、辻野は深い眠りに落ちていた。

誰かが廊下を歩いているような音がして、ふと目を覚ましたときは、まだ夜は明けていなかった。しばらく耳を澄ましていたが、夢でも見ていたのか、誰かが廊下を歩いている気配はない。

辻野は、枕元に置いていた腕時計を探り、ストーブの炎でその時間を確かめた。まだ四時も回っていない。隣の布団から気持ちよさそうな若菜の寝息が聞こえる。

もう一度、眠ろうと思って目を閉じたのだが、すでに七時間近くも眠っているので、いったん開いてしまったまぶたがなかなか閉じない。しばらく布団のなかで寝返りを繰り返したあと、潔く諦めて起き上がった。ストーブは焚かれたままだったが、いつの間にか室内の気温が下がり、毛布から出たからだにぶるっと震えが走る。

本館にはもう一つまだ入っていない内湯があった。辻野はせっかく起きたのだしと思い、隣で寝ている若菜を起こさないようにそっと布団を抜け出して、半乾きのタオルを手に取ると、音を立てないようにふすまを開けて廊下に出た。ひんやりというよりも、痛いほど冷たい廊下が、足の裏に触れた瞬間、思わず声が漏れそうになる。

十方堂を出て、すでにランプも消えた真っ暗な雪道を、月明かりだけを頼りに進む。吊り橋の下、さらさらと流れていた渓流は、その姿を闇《やみ》のなかに隠し、水音だけが底のほうから響いてくる。

裏口から本館に入ると、あちこちからかすかに人の気配がする。廊下にずらっと並んだ部屋のなかで、誰かがごそごそとやっているのか、それともすでに厨房で、朝の準備が始まっているのか。

夕食のときよりも、ランプの数が減らされていた。内湯へ向かう廊下は、ほとんど手探りで進まなければならなかった。やっと男湯の入口を探し当てて扉を開くと、なかからカーンと湯桶の鳴る音がする。ここにも、早くに目が覚めてしまい、時間を持て余してしまった客がいるらしい。

脱衣所で浴衣を脱ぎ、湯気でほとんど奥が見えない浴室に入った。ヒバ造りの浴槽らしく、扉を開けたとたん、木の香りがツーンと鼻にくる。

湯気をくぐるようにしてなかへ入った。誰かが湯に浸かっているのは分かるのだが、その顔まではは っきりしない。

辻野はいちおう「おはようございます」と声をかけながら、ゆっくりと熱い湯に足を入れた。湯に浸かっていたのは、なんとお隣さんの男だった。

なぜかしら辻野は慌てて、「あ、おはようございます」と改めて挨拶した。湯のなかから辻野のほうを見上げていた男が、どうも、とでも答えるように、気さくな笑みを浮かべる。

辻野は、「フー」と大げさに声を漏らしながら、熱い湯に肩まで浸かった。ヒバの特質なのか、ぬるぬるとした木の肌触りが背中に心地いい。

ふだんなら温泉宿の見知らぬ客などに自分から声などかけるタイプではないのだが、こんな人里離れた山奥で、偶然にお隣同士になったということもあり、辻野は同じ湯に浸かっている男に何か話しかけてみようかと考えた。夕食のときに大広間で見かけた二人の印象が、未《いま》だに新鮮に残っていたのだ。もちろん初対面の人間に、深く突っ込んだ質問などできるわけもないのだが、もしも質問できるのであれば、

「どうすれば、あんなやさしい表情で、自分の愛する女性を見つめられるのか?」

などと、柄にもないことを訊いてみたい気持ちもあった。

しばらく、手元で湯を弄《もてあそ》びつつ、辻野は何と話しかけたらよいかと思案した。男のほうはとてもリラックスした様子で、ぼんやりと湯気に煙る天井を見上げている。

「あの」と、辻野は思い切って声を出した。「……あの、お隣の方ですよね」と。

しかし、男はこちらを振り向かない。まるで聞こえなかったかのように、ぼんやりと天井を見つめている。

「あの」と辻野は改めて声を出し、出した瞬間、「あっ」と気づいた。

その動揺が湯のなかで伝わったのか、男がすっと視線をこちらに向ける。

「あ、あの、お隣の方ですよね」と辻野は繰り返した。ただ、無意識に今度はゆっくりと口を動かしていた。

男の目がまっすぐに自分の口に向けられているのが分かる。一瞬、頭のなかが真っ白になり、「あ、いえ、いいんです。すいません」と辻野は謝った。

慌てる辻野の様子を見て、男は申し訳なく思ったのか、自分で自分の耳を指差し、そのあとで、だめなんです、とでも言うように顔の前で手のひらをふる。

辻野はなるべく平静を装って、はい、分かりました、とでも言うように、深く肯いてみせた。すると今度は男のほうが、たしか、お隣さんですよね？　とでも言いたげな表情をする。はい、そうです、と告げるように、辻野はコクンと肯いた。男はそのまま、すっとガラス窓のほうへ視線を向ける。つられるように辻野もそちらへ視線を動かすと、すっとまた視線をこちらに戻してきた男が、いい、宿ですよね、とでも言うように辻野に笑いかけてくる。たしかにいい宿だ、と思い、改めてガラス窓の向こうに見える月明かりを浴びた雪景色に目を向けた。その視線を追って、男の視線も窓の外へ向かう。その後、男は、じゃあ、お先に、とでも言うように、ちらっと辻野に微笑みかけて、熱い湯から立ち上がった。辻野も同じように微笑み返し、まだ、夜は長いですね、とでも言うように苦笑いした。それが伝わったのか伝わらなかったのか、男も同じように苦笑いを浮かべて脱衣所に向かった。

たったそれだけのことだった。時間にして、ほんの数十秒のことだった。

男のいなくなった湯船で、ぼんやりと外の雪景色を眺めていた。男に何かを質問したわけではなかったが、その答えをもらったような気がしてならなかった。何があったわけでもないのだが、ここに来て、良かったとふと思った。この温泉に、若菜と二人で来られて、本当に良かったと。

内湯を出た辻野は、火照ったからだのまま、部屋に戻った。吊り橋を渡っていると、まだ濡れている髪に、また降り出した雪が落ちて溶ける。

十方堂の玄関を、辻野は音を立てないように静かに開けた。自分たちの部屋からも、その奥の部屋からも、物音ひとつ聞こえない。

忍び足で廊下を進み、そろそろっとふすまを開ける。枕から頭を落として熟睡している若菜の寝顔が、ストーブの炎でほんのり色づいている。

辻野は起こさないように静かに若菜の布団に入った。布団に入り、そのからだを抱きしめると、「う、うう」と低く唸《うな》った若菜が目を覚まし、「ん?」と自分を抱きしめる辻野の目を覗き込む。

「うわっ、からだ熱いよ。もしかして、お風呂に入ってきた?」

若菜が寝ぼけたような声で喋りだそうとする。辻野は、たまにはちょっと黙ってろよ、とでも言うように、その唇をやさしく押さえた。一瞬、若菜はきょとんとしたがすぐに意味を解したらしく、うん、分かった、とでも言いたげにその目を閉じた。

ためらいの湯

京都「祇園　畑中」

電車が東京駅に滑り込むと、勇次はイライラしながら窓の外を流れていくホームを見送った。

先頭車輛《しゃりょう》に乗っているせいで、やけにホームが長く感じられる。このまま運転士が停止ミスを犯して、数十センチ後戻りなんてことになったら、すぐそこにある運転台のガラスをぶち割り、「ちゃんと停まれよ！」いや、「何年この仕事してんだよ！」いや、「ここでいいから降ろしてくれよ！」いや、……とにかくなんでもいいから怒鳴ってやろうと思う。

知らず知らずのうちに、ドアに触れていた指がコツコツとガラス窓を叩いている。スピードを落とした車輛が、急に自分が実は重い物体だったのだと気づいたように、ゴトンゴトンと音を立てる。完全に車輛が停車して、運良く停車位置も正確で、ドアが前触れもなくすっと開く。

勇次はホームに飛び出した。ただ、からだはすんなりと猫のように外へと出たのだが、一泊二日の出張用に妻の理沙《りさ》が用意してくれたバッグが開閉途中のドアにひっかかり、腕がガツンと後ろに引っ張られる。引っ張ったのがドアじゃなくて人間だったら、ただじゃおかないと思いながらも、振り返りもせずバッグを引き抜き、地下通路へ向かって走り出す。

結局、いつもこうなる、と勇次は思う。いや、思うだけでは物足りず、ほとほと情けなくなってくる。

子供のころから計画性がないわけじゃない。夏休みの宿題もクラスの誰より綿密にスケジュールを組んでいたし、母親にお遣いを頼まれれば、どのルートで行くのがベストかと、出発前に何度も頭の中で練り直した。それなのに、「そうやって悩んでるうちに、さっさと行きゃあいいのよ。……なんで十五分で済むお遣いに、一時間もかけて悩まなきゃなんないのよ」と母が言うものだから、「それもそうだな」と思い直して、「じゃあ、とにかく行ってくるよ」と家を出る。で、肝心の何を買ってくればいいのかを忘れてしまうのだ。

そのあげくがこれだ。

東京発八時三分の「のぞみ」に乗るため、七時には家を出る。七時に家を出るには、六時には起きなきゃならないわけで、日ごろはまだぐっすりと眠っているはずの時間に起きるには、前夜十二時前には床につきたい……。と、先の先を読んで計画を立てていたにもかかわらず、「東京駅を八時でしょ？　だったら七時十五分に出れば間に合うよ」と理沙に言われ、「それもそうだな」と思い直して、のんびり支度をしていると、「でも、切符まだ買ってないんでしょ？　だったらやっぱり七時に出たほうがいいかも……」と、七時を回ってから言ってくる。

出張と嘘《うそ》をついての京都一泊二日の不倫旅行。準備をしてくれた理沙に、強く言い返すわけにもいかず、「そうだな、もう出たほうがいいな」と余裕を見せてネクタイを締め、その代わり玄関を出たとたんに駅めざして走り出した。

完璧《かんぺき》に計画を立てられるくせに、自分が立てる計画に自信がないのか、人の意見のほうが正しく思えてしまう。これまでの人生、自分が立てた計画通りにものごとが進んだためしがない。

「いや！　俺が決めたとおりにする！」

この一言が言えなくて、何度後悔したことか。この一言さえ言えていたら、きっとこんなに、バタバタした人生を送らなくてもよかったような気がしてならない。

東海道新幹線の改札へとコンコースを突き進む。コンコースには、聞いたこともなければ、食べたこともないが、とにかく「東京名物」らしいプリンやチーズケーキを売る小さな店が並んでいて、その甘いにおいが鼻先をくすぐっていく。今朝は理沙がトーストを焼いてくれたので、慌しく準備をしながらもきちんと二枚半も食べてきたのだが、トーストだけというのがかえって空腹感を招くのか、その甘いにおいにグゥーッと腹が鳴る。まるで邪魔をするかのように向かってくる人々をすり抜け、やっと切符売場に到着すると、みどりの窓口はまだ開いておらず、券売機前では高校の柔道部らしいもっさりした女の子たちが、肩にかけた柔道着には不似合いな甲高い声で、アイドル歌手の話などしている。

のんびりと待っているわけにもいかず、「すいません、ちょっとすいません」と声をかけながら頑丈そうな女の子たちを掻《か》き分け、やっと券売機の前に立つ。

八時三分発「のぞみ」。京都まで。指定席。禁煙。さくさくとタッチ画面に触れて、あっという間に発券となる。

機械相手なら、こんなにもスムーズにいくものが、なんで人間というのは何かしら一言言いたくなるものなのか。もしもこの券売機が理沙だったら、八時三分の「のぞみ」を選んだ時点で、「八時三分ので間に合うの？　支社の始業は九時からでしょ？」と訊いてくるし、それにいちいち、「いや、会議は昼からだから」と答えて、次に「京都」までとボタンを押せば、「京都かぁ。ぜんぜん行ってないなぁ。でも、夏の京都はちょっとねぇ」などと、訊いてもいない話を始める。もちろんこれですんなり発券できるわけではない。「指定席」と押せば、「この時間だったら自由席でも座れるって」と言い出すに決まっている。

あれは理沙との社内結婚が決まって、先輩の山之内さんたちが銀座の居酒屋「藩」でお祝いの会を開いてくれた晩だった。すでに結婚して五年になる山之内さんが、結婚のなんたるかを、偶然行くタイミングが重なったトイレで、並んで小便をしながら教えてくれた。

「お前な、結婚っていうのは……」と山之内さんは言った。

特に聞きたくもなかったが、相手が言いたそうだったので、「結婚っていうのは？」と、こちらも一応合いの手を入れた。

「だから、結婚っていうのはな……」

山之内さんもそうとう酔っているらしかった。

「お前、結婚っていうのは、あれだよ」

「あれって？」

「だから、ほら、たとえばだ。たとえば、女房が別の部屋にいるときに、こっそりパソコンでエロ画像見ながらオナニーしなきゃなんない。……そういうことだよ」

このとんちんかんな回答に、思わず、「そういうことって？」と訊き返そうかとも思ったが、山之内さんがあまりにも自信ありげに胸を張るので、「なるほど、結婚ってそういうことなんですねぇ」と感慨深く肯いた。

「お前な、なるほどなんて、そう簡単に言うけどな。実際、隣の部屋に女房がいて、オナニーするのって、ヒヤヒヤすんだぞ。カタッて音が鳴っただけで、さっとパンツ穿《は》くんだぞ。このスリル。それが結婚ってやつだよ」

山之内さんは唾《つば》を飛ばして力説していたが、聞いているほうとしては、まだ小便途中の山之内さんが今にもこちらを向きそうでヒヤヒヤしていた。

とにかく、山之内さんの持論は、あの夜まだ独身だった勇次にはピンとこなかった。ただ、結婚二年目を迎える今、もしも後輩に結婚とは何か？　と訊かれたら、間違いなく自分も山之内さんの教えに倣《なら》い、「結婚とはな、女房の気配にビクビクしながら、ネットでエロ画像を見る緊張感だ」と答えるに違いない。

新幹線の改札を抜けながら、八時三分の「のぞみ」が何番ホームから発車するのかを確認し、足早にホームへ上がるエスカレーターを駆け上がる。

ホームに着くと、まだ朝の八時前だというのに、とつぜんムッとする真夏の熱気がからだを包み、電車の冷房に慣れていた肌からとたんに汗がにじみ出る。それでも気合を入れてホームを歩き出すと、風もなく、もう何日もそこに留《とど》まっていたような熱い空気が、一歩ごとに顔や首すじを撫でていく。

「夏の京都って、私、初めてなんだけど、やっぱり暑いよね？」

二週間ほど前、とつぜん和美がそう呟いたのは、吉祥寺の駅前から乗ったタクシーの中だった。

「何？　行くの？　仕事？」と、勇次は反射的に尋ねた。

行き先を告げている途中だったので、「……市役所って言ったら、人見街道沿いのあれですよね？」と運転手が尋ねてきて、「あ、そうです、そうです」とそちらに答えながら、「で、仕事？」と、もう一度、和美のほうに訊き返した。

「そう。今月の十五、十六日の木、金で一泊。今度、京都のショップがクローズすることになって」

「和美んとこの化粧品屋、京都にも店があったんだ？」

そのとき、走り出したばかりのタクシーがすぐに赤信号に捕まって停車した。

毎度のことだが、未だにその長い横文字のブランド名を覚えられず、勇次はつい和美が勤める会社のことを「化粧品屋」と言ってしまう。ただ、そう言われたからといって和美が言い直したり、怒ったりすることはない。

「で、そのあとって三連休じゃない？」

動き出したタクシーの中で、和美がこちらを覗き込んでくる。

「そうだっけ？」と勇次はとぼけた。

「そうよ。十七日の土曜日から、十八、十九で三連休……」

和美がそこまで言ったとき、勇次はすかさず、「無理だよ」と先手を打った。

「……まだ、何も言ってないじゃない」と和美が笑う。

「でも、言うんだろ？」

「何を？」

吉祥寺の小さなビストロで食事をした帰りだった。

吉祥寺で食事をしたあとは、必ず勇次が和美をタクシーで送る。和美の最寄り駅が吉祥寺の一つ先の「三鷹《みたか》」で、勇次が暮らすマンションはそのまた一つ先の「武蔵境《むさしさかい》」にある。

もしも暮らしている場所がもっと離れていたら、半年ほど前、銀座の喫茶店で偶然、大学時代の同級生である和美と隣り合わせたときも、「じゃあ、今度近所で食事でもしようよ」という話にはならなかっただろう、と思う。いや、場所の問題ではなかったのかもしれない。

「久しぶり」

「ほんと久しぶりだよね」

で、始まった会話の雰囲気が急に接近したのは、暮らしている場所が近いと分かったときではなくて、

「そっか。勇次も結婚したんだ？」

「『も』ってことは、おまえも？」

という会話が、終わった辺りからだった。

お互いにお互いの相手のことは訊かなかった。もしも「今度近所で食事でも」することがあれば、その先どうなるのか、なんとなくお互いに分かっていたのだろうと思う。

タクシーが渋滞した人見街道に入ると、和美が、「無理って、その三連休、なんか予定が入ってんの？」と、さっきの話を蒸し返してきた。

「別に予定はないけど、この前、ちょっと帰りが遅くなっただろ……。それでちょっとさ……」

「奥さんになんか言われたの？」

和美がそう言ったとたん、気のせいか、運転手が無意味にブレーキを踏んだような気がした。

「いや、何も言われてないけどさ」

勇次は和美にではなく、偶然乗り込んできた客の関係を、知りたくもないのに知ってしまった運転手に対して、なんとなく気を遣ってそう言った。

「ねぇ、だめ？」

和美が運転手に見えないように、シートの上で勇次の手を握ってくる。

「だめって何が？」

口ではそう言いながらも、自分の手を握ってくる和美のその細い手をふりほどけない。

「だから、三連休を京都で一緒に過ごそうって言ってんじゃない」

「無理だよ」

勇次は和美の言葉にかぶせるように言った。しかし、そう言われるのを最初から知っていたかのように、「じゃあ、一泊二日でいい」と、すかさず和美が、今度は勇次の返事に声を重ねてくる。

「私もなんとか理由つけるからさ」

「どんな理由つけるんだよ？」

「それは、ほら、京都で久しぶりに友達と会うとかなんとか……」

「そうやってお前は自分の旦那を騙《だま》すわけだ？」

勇次が少しうんざりしたように言うと、「何？　自分も奥さんにそんな風に騙されたことがあるんじゃないかって思ったんでしょ？」と和美が笑う。

勇次はそこでやっと和美の手をふり払った。ただ、冷房で冷たくなったシートに、ぽとんと落ちた和美の手が、不気味なほどそこでじっと動かない。

「あいつはそんなことしないよ」

自分では声に出したつもりはなかったのだが、そう呟いた自分の声が耳に入ってくる。

「……そんな風に言わないでよ。……そんな風に言われたら、なんか、私だけが悪いことしてるみたいじゃない」

少しだけ声色を変えた和美に言われ、勇次も慌てて、「あ、ごめん」と謝った。

お互いさまなのだ、と勇次は思う。ある妻が夫に嘘をついて、ある妻帯者の男と旅行に出かける。そこには騙される夫と騙す妻がおり、同じように騙す夫と騙される妻がいる。

「お前さ、自分の旦那も浮気してんじゃないかって疑うことある？」

勇次は車窓を流れていく大きな屋敷を眺めながら訊いた。

「自分がそうだから、相手もってこと？」

和美に訊き返され、勇次は、さて、そういう意味で今、自分は尋ねたのだろうか？　と自問する。

「自分が騙してるってことは、相手にも騙されることはあるんだろうなって……、なんていうか、勇次と会うようになって、そういう風には考えるようになった。……そういう、勇次は？」

「俺は……」

勇次はそこで言葉を切り、最近の理沙との会話のいくつかを思い出してみる。しかし夫婦の会話というのは不思議なもので、毎日あれだけ言葉を交わしているにもかかわらず、思い出そうとしてもさっと浮かんでくるものではない。

「ねぇ、私と会ってると罪悪感ある？」

横から和美に声をかけられ、勇次は視線を車中に戻した。

「奥さんに悪いなぁって思うこと、ある？」

「ないって言えば嘘になるよ」と勇次は答えた。

その答えに満足したように、「私も」と和美も小さく肯く。

「正直に言うとね、私、自分の夫だけじゃなくて、あなたにも罪悪感ある」

一瞬、和美が呟いた言葉の意味が分からなかった。それを察したのか、「あなたと会ってると、夫にだけじゃなくて……最近は、目の前にいるあなたにも、なんか悪いなぁって思ってることがあるのよ」と和美が付け加える。

「俺に？　なんで？」と、勇次は首をひねった。すると今度は、「それが、自分でも分からないのよねぇ……」と和美が首をひねる。

道の先のほうに、いつも和美が下車するマンションが見えた。実際に和美が住んでいるマンションはそこから三分ほど歩いたところなのだが、さすがに自宅マンション前に、ほかの男と一緒に乗っているタクシーを横付けする勇気はないという。

「なんか、ヘンだよな」と勇次はとつぜん言った。

自分でも何がヘンなのか分かっていなかったが、それを言葉にすれば、何かが分かるような気がしたのだ。

「何が？」

「いや、だから……」

しかし、いくら言葉にしたところで、自分でも分からない自分の気持ちが理解できるものではない。

「あなたと会う約束をすると、夫に悪いと思うし、あなたと実際に会ってると、あなたに悪いと思っちゃうなんて、たしかになんかヘンだよね」

口ごもってしまった勇次の代わりに、和美が呟く。その瞬間、「そうだよ。それがヘンなんだよ」と、やっともやもやしていた気持ちが晴れた。

実際、和美の言うとおりなのだ。和美と会おうとすれば、理沙に悪いと思い、実際に和美と会えば、その和美に対して悪いと思う。

「あのさ……」

赤信号に捕まり、タクシーがゆっくりと停車する。

「……お前さ、最近、俺に悪いと思ってるから、俺に会ってくれてるんじゃないか？」

停車したタクシーの中では、やけに車内の冷房が冷たく感じられた。

「え？」

とつぜんの勇次の言葉に、和美がどこか驚いたふりをするように、大げさに首をかしげる。

「いや、だから……。なんていうか、二人で始めたことなのに、自分だけそこから抜け出すのが悪いような気がして、こうやって会ってくれてるんじゃないのか？」

勇次は運転手に聞こえないように少し声を落として訊いた。じっと勇次の口の動きを見ていた和美が、「二人で始めた悪いこと。でしょ？」と、どこか悲しい表情で微笑む。

信号が変わり、タクシーがゆっくりと走り出す。

「俺らのこの関係ってさ、どちらか先に『やめよう』って言った人間が、言われた人間を責めることになるんだよな？」

勇次は声を落としたまま呟いた。ちらっと和美のほうに目を向けてみたが、和美は目を合わせようとしなかった。

その夜、和美はいつものマンション前でタクシーを降りた。最後に交わした会話がこれで、あまりすっきりとした別れではなかった。

和美を降ろして、ふたたび走り出したタクシーの中から、勇次は和美の携帯に電話をかけていた。自分が言った言葉のとおりなら、たった今、自分が先に、この悪事の共犯者である和美を非難したのだ。まるで妻の理沙を気遣うように、浮気相手であるはずの和美を気遣っている自分に勇次は気づいた。

電話に出た和美は何事もなかったかのように、「何？　なんか忘れ物？」と声を返してきた。実際に歩いたことはなかったが、タクシーを降りた和美が歩いているだろう暗い夜道がはっきりと目に浮かんだ。

「……さっきの話」と勇次は言った。

「さっきの話？」

「そう。ほら、京都」

「あ、ああ」

「やっぱり三連休全部ってのは無理だけど、一泊で俺も行くよ。土曜日の朝にこっちを出て、日曜日の夜には戻らないとまずいけど……とにかく、どっか祇園《ぎおん》辺りのいい旅館に泊まってさ、一日二人でのんびりしようよ」

勇次はまるで原稿を読み上げるように言った。しかし、言い終わっても和美の声が返ってこない。

「もしもし？」と勇次は改めて声をかけた。「聞こえてる？」と尋ねると、「う、うん。聞こえてる」と、少し戸惑ったような和美の声が聞こえる。

「京都、俺も行くよ」と勇次は言った。

「あ、うん」と和美の声がする。

「一泊だけだけど」

「うん。じゃあ、私も京都に残る」

「どっか祇園辺りのいい旅館に泊まってさ」

「そうね。いい旅館に泊まってね」

「うまい飯食って」

「そう、おいしいもの食べて……」

そこでふと和美が黙り込む。

「どうした？」

「ううん。別に。ただ……」

「ただ？」

「ただ、なんていうか、そんなに気を遣うことないのにって思って」

和美がそう言って、かすかに笑った。いや、電波のせいか、かすかに笑ったように聞こえた。

「なんだよ、気遣うって？　誰が気遣ってまで浮気するよ」

勇次がそう言うと、今度は間違いなく、「それもそうだけどさ」と笑う和美の声がした。お互いに裏切り者同士のはずなのに、その裏切り者同士が、いつの間にかお互いを裏切るのが怖くて、離れられなくなっていた。

新幹線は十時二十三分に京都駅に到着した。当たり前といえば当たり前だが、切符に書いてある到着時間ぴったりで、それがなぜかしら車内で一睡もできなかった勇次を憂鬱《ゆううつ》な気分にした。

二日前に交換したメールによれば、和美は祇園の「畑中」という旅館に、昨夜から一人で泊まっているはずだった。出張で利用しているホテルは駅前にあるらしいのだが、京都にいるというよりも新橋辺りのビジネスホテルに泊まっているような気がするとのことだった。

京都駅前からタクシーに乗って、渋滞した道を祇園へ向かう。新幹線からホームへ一歩足を踏み出したときから感じていたが、京都にはやはり京都独特のこもった熱気があって、閉め切ったタクシーの中にも窓を通して痛いほどの日が差し込み、冷房で冷えた腕の表面をじりじりと焼きつける。

タクシーで旅館へ向かう間に、和美の携帯に連絡を入れてみた。十数回呼び出し音が続いたあと、留守電に切り替わってしまった。「もうすぐ到着する」とメッセージを残そうかと思ったのだが、運転手の口ぶりではもう数分で旅館に到着しそうだったので、メッセージを残さずに電話を切った。すると切った途端、着信があって表示画面に「自宅」の二文字が出る。

勇次は慌てて電話に出た。京都駅からタクシーに乗って、和美が待つ旅館に向かっている自分の姿を、理沙に見られているような気がした。

「もしもし？」

どこかおどおどした口調で電話に出ると、「あ、もしもし。私、私」と、いつも通りの明るい声が聞こえてくる。

「間に合ったんでしょ？」

一瞬、何を訊かれているのか分からず、「え？」と勇次は尋ね返した。

「だから、新幹線。もう京都に着いてるんだよね？」

「あ、ああ。もう京都。ちゃんと間に合って、さっき着いた」

勇次は、なんだ、そんなことを訊かれていたのかとほっとした。

「今、電話大丈夫？」

「今、タクシーで支社に向かってるとこ」

「やっぱりギリギリだった？」

「え？　何が？」

「だから新幹線。東京駅に着いたのギリギリだったでしょ？」

「あ、ああ」

「なんか、あなたが出て行ったあと、急にあなたが乗り遅れそうな気がしちゃって」

「大丈夫だよ。ちゃんと乗れたし、今、京都にいるって」

勇次はそう言って、少し呆れたように笑った。

「ちゃんと乗れたんならいいんだけど」

「ほかに用がないんだったら切るぞ。そろそろ着きそうだから」

勇次はさらっと嘘をついた。ルームミラー越しに少し戸惑ったような運転手と目が合う。

「分かった。ねぇ、京都も暑い？」

「暑いよ。なんで？」

「いや、なんかね、今日の東京、すごいよ」

「すごいって何が？」

「だから気温が」

「ああ。たしかに暑かったよな。東京駅のホームでうんざりした」

「でしょ？　なんかね、さっきテレビで言ってたんだけど、もしかしたら今日、観測史上初めて東京で四十度超えるかもって」

「四十度？」

勇次は思わず素っ頓狂な声を上げてしまった。不思議なもので四十度と言葉にしたとたんに、また腋《わき》の下からじわっと汗がにじみ出る。

「まさか。そんなわけないだろ？」

「だってテレビでさっきそう言ってたんだもん」

理沙がなかなか電話を切りそうになかったので、「ほんとにもう着くから、切るぞ」と勇次が言うと、「あ、うん。分かった」とは答えるものの、やはりまだ切る気配を見せない。

「なぁ、なんか話があったのか？」

理沙の声に何か感じるところがあったわけではないのだが、なんとなくそう尋ねた。

「話？　別にないよ。ただね、四十度ってすごいなぁって」

「それだけ？」

「そう。それだけ」

「だから、四十度なんて超すわけないだろ？」

「だって、テレビでさっきそう言ってたんだもん」

また同じ会話が繰り返される。

「分かった。じゃあ、なんか賭《か》けるか？」

「え？」

とつぜんの勇次の言葉に、理沙が一瞬声を裏返す。

「だから、もし今日東京で四十度超えたら、お前の欲しいもん買っていいよ。でも、四十度超えなかったら……」

「超えなかったら？」

「そうだなぁ……、あ、そうだ。この前のボーナスで、俺がプジョーの自転車買うよ。どうだ？」

「何よ、それ」

「だから賭けだよ。賭け」

「いいよ。じゃあ、私も四十度超えないほうに賭ける」

「なんだよ、それじゃ賭けにならないだろ」

「だって、私だって四十度超えるとは思ってないもん」

「今、お前がそう言って電話かけてきたんだろ？」

「違うよ。超えるかもしれないって、テレビで言ってるって言っただけじゃない」

タクシーは混んでいた大通りを抜けて、濃い日陰が続く路地へ入った。入ったとたんに京都らしい日本家屋が並んでいる。

「もう本当に切るぞ」

勇次は強い口調で言った。今度はさすがに諦めたらしく、「明日の夜には戻ってくるんでしょ？　気をつけてね」と理沙も切る気配を見せる。

「じゃあな」

「うん、じゃあね」

電話を切ると、目の前に八坂神社の門が見えた。正門ではないらしいが、その奥に深々と広がる緑が見える。

「祇園　畑中」はその門前にあった。タクシーを降りた勇次は、水の打たれた涼しげな石段を上がった。日が差していないせいか、足元の濡れた石から冷たい空気が立ち昇ってくる。

フロントで名前を告げると、美しい京都弁を話す仲居に連れられ、和美が待つ部屋へ向かった。仲居の話では、温泉ではないが、地下に大浴場があるという。

和美が昨夜から泊まっていた部屋は離れだった。

「和美！」

声をかけながら白木の門を開けた。しかし、部屋の中から返事はなかった。横に立っていた仲居が、お食事のあと、お散歩にでも出たんじゃないでしょうか、とのんびりとした口調で教えてくれる。

靴を脱いで上がった部屋は、きちんと整頓《せいとん》されていた。十畳間の襖の前に、ぽつんと和美の旅行鞄《りょこうかばん》が置いてある。

部屋を眺めていると、すぐにお茶をお持ちいたしますから、と言いながら、仲居がテーブルの上に置かれた菓子入れや茶碗をささっと片付ける。忘れて外出してしまったらしく、そこに和美の携帯電話が置かれている。

仲居が部屋を出て行くと、勇次は持ってきた鞄を和美の鞄の横に置き、何もない畳の上にごろんと大の字に寝転がった。寝転がった瞬間、テーブルに置かれた和美の携帯がちらっと目に入り、そこの下にメモのようなものがあった気がした。

すぐにからだを起こしてみると、たしかに携帯の下に何やら文字が書かれた一枚のメモ用紙がある。

勇次は指先で携帯の下からそのメモ用紙を引き抜いた。なんとなく和美の携帯に触れるのが憚《はばか》られ、将棋《しょうぎ》の駒《こま》を動かすように慎重に指先だけで引き抜いた。

メモ用紙は客室に備え付けのものだった。そこに薄いエンピツで、「東京」「40℃」と書いてある。誰かと電話をしながら、なんとなくメモ帳に書いてしまったものらしい。

もしもタクシーの中で理沙とこの話をしていなければ、ピンともこなかったのだろうが、この二つの言葉がどう繋《つな》がり、何を意味しているのかはすぐに分かる。

勇次はメモ用紙を裏返してみたが、白紙のままだった。テーブルの上に和美の携帯がある。彼女が今朝、ここで誰と話していたのかは、この携帯を開けて、着信履歴なり、リダイアルなりを見ればすぐに分かる。

「四十度なんて超すわけないだろ」

「だってテレビでさっきそう言ってたんだもん」

ついさっき交わした理沙との会話が蘇る。

仲居が淹れてくれたお茶を飲み干しても、和美は部屋に戻らなかった。すぐ隣にある八坂神社辺りを散歩しているのかもしれないが、ここであとを追いかければ、またすれ違う可能性もある。

勇次はポケットから携帯を取り出すと、目の前のテーブルに置かれた和美の携帯に電話をかけた。

耳元で呼び出し音が鳴ったと同時に、テーブルの上で和美の携帯が震え出す。さっきと同じように十数回鳴ったあとで、二十秒以内でという留守電の音声が流れる。と同時にテーブルの上に置かれた和美の携帯もおとなしくなる。

「今、着いた。今、部屋にいるんだけど、お前、今、どこにいる？　その辺を散歩してるんだろうけど、探しに行くと、またすれ違いそうだから、俺は風呂にでものんびり浸かって、ここで待ってるよ。お前、携帯ここに忘れてったろ？　ちょっとヘンだけど、今、お前の携帯を見ながら、このメッセージ入れてる……」

そこで二十秒が過ぎた。一方的に電話が切られてしまう。

勇次は自分の携帯をポケットにしまうと、改めてテーブルに置かれた和美の携帯を見つめた。たった今、自分が吹き込んだメッセージがこの中に入っているのだと思うと、なんとなく身近な機器のように感じる。

五分ほど畳の上でごろごろと過ごし、押入れで見つけた浴衣に着替えて大浴場へ向かった。向かいながら「気温四十度」というのは、いったいどれくらいのものなのだろうかと考えた。夏場、家の風呂の給湯器は四十一度に設定してある。もちろん冬場よりは低い設定だが、はだかになってその湯に浸かれば、夏の火照った自分の肌よりも更に熱い。夏の火照った肌よりも熱い温度。今日、東京がそんな温度になるという。

薄暗い階段を地下へ下りると、時間が中途半端なせいか、廊下の明かりが消されていた。いやな予感はしたが、とりあえず大浴場に向かった。一輪挿しの花が薄暗い廊下の隅に置いてある。

廊下の突き当たりが大浴場だった。

左に曲がれば女湯。右へ曲がれば男湯。ただ、その突き当たりに小さな看板が置いてある。勇次は看板の前で足を止めた。

「清掃中」

看板にはそう書かれてあった。扉はすぐそこにあった。

勇次は立ち止まったまま、目を閉じた。扉の向こうにどんな形の湯槽《ゆぶね》があるのか想像してみた。

楕円形《だえんけい》。円形。正方形。

湯槽の形や大きさは次々と浮かんでくるのだが、どの湯槽にもお湯が入っていない。からっぽの湯殿ばかりが、勇次の頭の中で浮かんでは消えた。

風来温泉

那須「二期倶楽部」

東北新幹線が那須塩原《なすしおばら》駅に到着したのは、午後二時を回ったころだった。東京駅からはたかだか一時間ちょっとの道程《みちのり》で、発車間際に慌てて買った幕の内弁当は食べることができたが、一緒に買った週刊誌は半分ほどしか目を通すことができなかった。

毎週木曜日になると、恭介は新聞の広告や電車の中吊りを見て、「週刊文春」と「週刊新潮」、どちらを買おうかと考える。内容はどちらも似たり寄ったりのものだが、同じ事件を扱っていても、その見出しが微妙に違って、不思議と毎週すんなりとどちらかを選ぶことができる。

乗車前、ホームの売店で幕の内弁当と一緒に買ったのは、「週刊文春」のほうだった。最近、バラエティ番組でよく見かけるようになった女優のグラビアをパラパラとめくり、アフリカの小国に暮らす原住民の家の写真があり、ここ最近、世間を騒がしている幼児連れ去り事件を伝える写真記事があり、最年少プロ野球選手誕生の記事、そして最年少でカンヌ国際映画祭の最優秀男優賞を受賞した少年の次回作の記事と続く。

この手の週刊誌を買うたびに、こんな事件や人物にいったい誰が興味を持っているのだろうかと恭介は思う。恭介自身、毎回これら事件や人物に興味があって、この週刊誌を買ったわけではなくて、たまたま買った週刊誌に、これら事件や人物が載っているだけなのだ。

興味があるから買うのではなく、逆に言えば、これら事件や人物にまったく興味がないからこそ、こうやって毎週週刊誌を買っているような気がしないでもない。

空《す》いたグリーン車のシートで幕の内弁当を食べ、週刊誌のグラビアページだけをパラパラと見てしまうと、恭介は車輛前方の自動ドア上にある電光掲示板ニュースに目を向けた。右から左に、次に停車する駅名などの文字が流れてくるのだが、それが何度か繰り返されると、今度は最新のニュースが流れてくる。

ポルシェがプリウス・ハイブリッド技術提供をトヨタに要請。◇朝日新聞◇　ポルシェがプリウス・ハイブリッド技術提供をトヨタに要請。◇朝日新聞◇

同じ文章が二回流れて、次の停車駅を知らせる案内に変わる。

車輛にはほとんど乗客の姿がなく、ところどころに、それこそ虫が食ったように黒い頭がぽつんと見える。ざっと数えてみても、五十代、もしくは六十代の男が四、五人といったところで、居眠りしている者もいれば、サンドイッチにかぶりついている者もいる。ただ、どこからどう見ても、この東京発郡山《こおりやま》行きの列車に乗った、この四、五人の男たちの中に「ポルシェがハイブリッド技術の提供をトヨタに要請した」ことで、今後の日常に影響が出るというか、生活に変化がありそうな人間がいるとは思えない。

ポルシェがプリウス・ハイブリッド技術提供をトヨタに要請。

いったい誰のための情報なのか。東京から郡山へ向かう乗客の中で、いったい何人がこの情報を必要としているのか。

すでに宇都宮を出た列車は、あと十分ちょっとで那須塩原駅に着く。

「松井さん、来週の土曜日に契約してくれることになったよ。……やっとだよ、やっと。俺、何回、あの人に食事おごっただろうな？」

数週間前、仕事から戻った恭介がネクタイを取りながらそう言うと、妻の真知子はすっと目を逸《そ》らした。

食卓には揚げたばかりのとんかつがのっていて、腹が減っていた恭介は、真知子の表情など気にせず、すぐにそのとんかつにかぶりついたのだが、考えてみれば、あの夜初めて、真知子は保険の外交員という夫の仕事に不満を表したのかもしれない。

まだ熱いとんかつにかぶりついていると、「ビール飲むんでしょ？」と、真知子は訊いてきた。「ああ、頼む」と答えると、何も言わずに缶ビールとグラスをテーブルに置き、そのまま台所に姿を消した。

「松井さんの契約んとき、おまえも一緒に来いよ。土曜日だし、三人でそのあとメシ食いに行ってもいいし」

恭介が台所に声をかけると、水音に混じって何か真知子の声が聞こえたが、つけっぱなしのテレビの音に重なって、なんと言ったのかは分からなかった。

「おい！　どうする？」と、恭介は改めて声をかけた。

まだ台所にいると思って大声を出したのだが、「……だから、私はいいよ」と聞こえてきた真知子の声は、すぐ後ろからだった。

「な、なんだよ、びっくりさせるなよ」と、恭介は思わず身震いした。身震いして、またすぐにとんかつを口に入れ、「なんで？　もう松井さんには、おまえも来るって言ってあるんだよ」と、もごもごと告げた。

「私はいいよ。なんか会いづらいもん」

「なんで？」

「だって、この前、留美から電話があって……」

「松井さんから？　なんか言ってた？　俺、ちょっとだけ強引に、特約を勧めたんだよな……。それでなんか？」

「別に、そんなことじゃなかったけど……」

「けど？」

「けど、なんていうか、真知子も大変だねって。旦那さんがああいう仕事だと、友達なんかも紹介しなきゃならなくなるしって」

　そこまで言われて、恭介は視線をとんかつに戻した。真知子が何を言いたがっているのかすぐに分かったし、そのことについてなら、真知子の両親や兄弟、それに親戚《しんせき》に加入してもらったときも、さんざん嫌な目に遭わせたはずだった。ただ、真知子はそのときは何も非難めいたことを言わなかった。

　恭介は五年ほど前にこの仕事を始めた。千葉の工業高校を卒業後、一年ほどふらふらしたあと塗装工をやった。別段、嫌いな仕事でもなかったのだが、そのころ高校の一つ先輩だった野田と再会し、彼が都内で保険の外交員をやっており、手取りで月に五十万くらいもらっているという話を聞いた。

「高校はもちろん、小学校の同級生にまで電話かけまくりだよ。久しぶりにメシでも食おうって誘ってさ、そこで、『おまえ、保険は入っといたほうがいいぞ』なんてな」

野田はそう言って笑っていた。

元々、恭介も人と話すのが苦ではなかったし、どちらかと言えば、人付き合いもいいほうだった。

「おまえなら、絶対に俺より稼げるよ」

野田にそう唆《そそのか》されて、その翌月には塗装工をやめ、野田が勤める大手保険会社の中途採用試験を受けた。

野田の予想ではないが、実際、仕事を始めると、保険の外交員という仕事は、とても自分に向いていた。まずは両親から始め、遠縁を含めた親戚一同、それから遊び友達を加入させて、そこから同級生、果ては同級生の親戚まで手を広げた。普通はこのあたりで手持ちの札がなくなり、日々の交際費だけがかさんで、退職していく者も少なくないのだが、恭介の場合、やはり天性の才能があったのか、なんだかんだで前に働いていた塗装会社で団体保険の契約を取り、飲み屋で知り合った女が大手デパートの社員だと知れば、こっそりと社員食堂に入れてもらって、新商品のパンフレットと、にっこりと微笑んでいる写真つきの名刺を配りまくった。

真知子と知り合ったのはちょうどそのころで、契約件数も順調に増え、所内での売上げ成績も、三位を下回ることはなかった。

その年、恭介は大口の顧客を連れてスキーに行った。そこで転倒して左足を骨折したのだが、その際に入院した病院の看護婦が真知子だった。

「温泉とかに行けば、早く治るんですかね？」

そんな会話から始めたのだが、退院するころには、実際に一緒に日帰りで温泉に行く約束を取りつけていた。

ギプスが取れるまでに数回渋谷でデートした。ギプスが取れると、箱根の日帰り温泉に行った。ただ、日帰りだったはずが、その帰り道、恭介は車を街道沿いのラブホテルに入れた。

その夜、恭介は珍しく仕事の話をした。どうやれば早く契約が取れるか、とか、どうやって世間話から保険の話にスライドさせるか、とか、普段なら絶対に人には言わないようなことを、何故かしら何時間も真知子に話していた。

自分では、所内でも上位の成績や、それに比例して上がってくる給料のことなど、多少自慢したい気持ちもあって、こういう話を真知子にしているのだろうと思っていたのだが、ふと気がつくと、自慢しているのではなくて、まるで言い訳でもしているような口調になっていた。

「この仕事をやるようになってから、だんだん、かかってくる電話の数が少なくなってきたんだ」

自分では冗談っぽく言ったつもりなのに、何故かしら言葉の響きに悲しさがあった。

「……いや、前はさ、ほんとにうんざりするくらい、いろんなやつから電話がかかってきてて、いや、ほんとにうんざりしてたから、今くらいのほうがいいんだけどさ」

慌てて言い直せば言い直すほど、目の前で聞いている真知子の顔が暗くなる。

実際、この仕事を始めてから、かかってくる電話の数は減っていた。以前は金曜日になると、男からも女からも、「ヒマじゃないか？」と電話があったり、メールが来たりしていたのだが、一つ契約を取るごとに一つかかってくる電話が減った。

「あいつを呼んだら、また保険の営業だぞ」

そんな会話が友人たちの間で囁《ささや》かれているのは知っていた。もちろん最初は冗談半分だったのだろうが、冗談半分というのは、半分は冗談じゃないということなのだ。

「別に悪いこと勧めてるわけじゃないのにね」

ふと気がつくと、真知子がぼんやりと天井を見つめていた恭介の頭を撫でていた。恭介はその手にやさしく撫でてもらいながら、「でもさ、人って、何か熱心に勧められると、自分が騙されてるように感じるんだよな」と笑った。

「仕方ないんじゃない。人ってほら、なかなか将来のことなんか考える余裕ないから」

「そうだよな」

「病院に勧めてるから、よく分かる。実際、保険に入ってないと、かなり大変だったりするし」

「ほんとだよ。……みんな必ずいつかは、病気したり、死んだりするのにな」

恭介は自分の頭を撫でている真知子の手を握った。さっき初めて抱いた女の手だったが、もう何年も前から知っているような感触だった。

那須塩原駅から乗ったホテルのシャトルバスは、ペンションや小さなレストランの看板が立ち並ぶ街道を抜けて、細い山道に入った。

十五人ほどが乗れる小型のバスなのだが、恭介のほかには、いかにも横文字職業な感じの男と、いかにもそんな男にくっついているような感じの女のカップルが一組と、高そうな革のコートを着た、もう若くはない女が一人乗っていた。

一人で乗ってきた女は、恭介の前の席に座った。女のつけている香水なのか、シナモンとオレンジを混ぜたような香りが、ホテルに到着するまで恭介の鼻をくすぐった。バスに乗ってくるときに一瞬ちらっとだけ顔は見えたが、その表情は硬く、誰も非難などしていないのに、まるでこんなリゾートホテルに、女一人で来ている自分を、先に弁護しているような険しさだった。

シャトルバスはまず東館のエントランスに横付けされた。そこで降りたのは恭介とカップルで、一人で乗ってきた女は本館のほうへ回るらしかった。

ホテルのサイトで見ていたが、実際にホテルの前に立ってみると、「こりゃ、予約もなかなか取れないだろうな」と思わず納得した。

すでに葉は落ちてしまっているが、見渡す限りに欅《けやき》の森が広がっており、その中にぽつんと、低層のホテルが建っている。

一緒に着いたカップルのあとでチェックインを済ませ、欅の森の中にあるコテージへ向かった。遊歩道の落ち葉を踏むと、カサ、カサと音が立ち、森の中にはその音だけしか聞こえない。

「今日は少し暖かいんですよ」

コテージへ案内してくれるスタッフがそう言って空を見上げるので、なんとなくつられて顔を上げると、複雑に入り組んだ欅の枝の先に、目が痛くなるほど真っ青な空がある。

「ここって、女性一人のお客さんとかも多いんですか?」

遊歩道を歩きながら、恭介が尋ねると、一瞬、足を止めたスタッフがゆっくりとふり返り、「そうですねぇ、たまにはお見えになりますね」と笑顔を見せた。

「でも、こんなところに女一人で泊まって、寂しくないですかね?」

恭介が訊くと、今度は足を止めずに、「さぁ、どうでしょうかねぇ」と、スタッフがあいまいに答える。

本館がどのようになっているのか分からないが、実際、欅の森の中に建つコテージに、女が一人で泊まるのはかなり怖いのではないだろうかと思えた。

案内されたコテージは、ロフトがベッドルームになっているタイプで、吹き抜けのリビングには全長五メートルはあるだろうかと思われる大きな窓が設《しつら》えてあり、その丁寧に磨かれた窓がまるで額縁のようで、外に広がる欅の森を美しい絵のように見せている。

恭介はとりあえずコーヒーを淹れ、タバコを吸った。高さ三メートルはあるかという窓を開けてテラスに出ると、暖かい日差しがからだを包む。

音がまったくないわけではない。ただ、もしも無音という音があるならば、それが耳の奥のほうで鳴る。これが山の音かと恭介は思う。何も聞こえないという音。そんな音があるのだろうか、と。

コーヒーを飲むと、恭介はスタッフに教えられた野天風呂に向かった。やはり欅の森の中を遊歩道が渓流のほうに伸びている。野天風呂を通り過ぎて、眼下に見える渓流まで下りてみた。一歩足を踏み出すたびに、厚く敷き詰められた落ち葉が、カサ、カサと鳴る。

渓流の水は、まるで何も流れていないように透明だった。この世には透明という色があるのだと恭介は初めて気づいた。なんとなくその流れを眺めていた恭介は、少しだけ身を乗り出して、その透明な水の流れに唾を吐いた。口の中でしばらくためて、ゆっくりと唇の間から落とす。泡だった唾はすっと透明な水に飲み込まれ、あっという間に流れていった。

　ふと人の気配を感じたのはそのときで、たった今、下りてきた遊歩道のほうを見上げると、さっきバスで一緒だった一人客の女が、首を伸ばしてこちらを見ていた。これが新宿や渋谷の路上なら、誰かと目が合ったところで、その一瞬は、すぐに次の一瞬に飲み込まれるのだが、森の中での一瞬は、そう簡単には霧消しない。

　女がこちらへ下りるべきか、引き返すべきか迷っているようだったので、「こんにちは」と、先に恭介は声をかけた。

　渓流の音しか聞こえない森の中では、ただ、「こんにちは」と言っただけの言葉が、とても饒舌《じょうぜつ》な感じで響く。

　女もすぐに、「こんにちは」と、挨拶を返してきた。もしも同じバスに乗り合わせたカップルの女のほうであれば、それ以上、何か話しかけることもなかったのだろうが、こんな場所にたった一人で来ている女だと知っているだけに言葉を交わしてみたくなる。

「ものすごく綺麗な水ですよ。まるで何にも流れてないみたい」と、恭介は渓流の水を指差した。

　石段をゆっくりと下りてきた女が、恭介の隣から渓流を見下ろし、「ほんとだ。

何にも流れてないみたい」と答える。

「もう少し早かったら、紅葉がきれいだったんでしょうね」

恭介は周囲の欅を見上げてそう言った。何か答えるかと思ったが、女は葉の落ちた欅を見上げはしたものの、何も言わずに視線を川へ戻した。

「この遊歩道って本館とつながってるんですね」と恭介は訊いた。

女が一瞬、戸惑ったようだったので、「さっき、バスで一緒だったんですよ。でも、そのまま本館のほうに行かれたようだったから」と付け加えた。

女は納得したようで、「ここをまっすぐ歩いていくと本館なんですよ」と微笑んだ。

バスの話が出たので、なんとなく今なら訊けるかと思い、「あの、お一人でいらっしゃったんですか？」と恭介は訊いた。なるべく意味を持たせないように、軽い感じで訊いたのが良かったのか、「ええ。一人で」と女もさらっと答えてくれる。

その目が、「あなたも？」と尋ねているようだった。恭介はすっとその視線を逸らし、「もう露天風呂、入りました？」と話を変えた。

「いえ、まだ。せっかくだからもうちょっと暗くなってから入ろうかと思って」と女が答える。

「暗くなってから？」

「さっきホテルの人が、星がきれいだって。そう言ってたから」

「星？」

恭介は空を見上げた。そして、この空にどれくらいの星が見えるのだろうかと想像し、「きれいでしょうね、きっと」と、空を仰ぎ見たまま言った。


「今週末、ほんとに一緒に来られないの？」

ベッドを抜け出した恭介が、コーヒーの香りに誘われるようにしてダイニングに入ると、ちょうどトーストが焼き上がった「チン」という音がして、音に重なるように妻の真知子が訊いてきた。

「あ、ああ。ごめん」

恭介はテーブルに置かれたコーヒーカップを手に取ると、いつものようにパジャマのままベランダに出て、体全体に朝日を浴びた。

「お母さんもお父さんも楽しみにしてたんだけどなぁ……」

少し焦げたトーストの匂《にお》いと一緒に、真知子の声がダイニングから聞こえてくる。

恭介は返事をせずに、熱いコーヒーを一口啜った。

真知子との結婚を機に、このマンションに引っ越して、すでに半年が経った。世田谷区に建つ新築の2LDK。六階のベランダからは、隣接する公園の広い芝生が見渡せる。

働けば働くほど、毎月の収入が増えた。毎月、給料明細に書かれている金額が増えているのを見るたびに、「よし、来月はもっと！」と気力が湧《わ》き、逆に、一円でも減っていると、自分の人生曲線が急に下降を始めたような気になって、「よし、来月はもっと！」と自分で自分に気合を入れた。

保険の外交など、誰かに感謝されるような仕事ではない。加入していたことで将来的に助かることはあるにしろ、契約するときには健康であることが条件なので、どちらかというと、使わなくてもいい金を口八丁手八丁で使わされているような気になり、その気持ちが外交員に向いてくることもある。なので、仕事の成果を実感できるのは、ある意味で給料明細に書かれた金額だけになってくる。先月よりも増えていれば勝ち、減っていれば負け。誰に誰が勝ったり負けたりしているのかは分からないが、この単純なゲームのような生活が、自分には合っていると恭介は思う。

もちろんそのおかげで、こんなマンションで暮らすこともできるわけだし、看護婦をやめた真知子に、高い服も買ってやれる。

恭介は毎朝このベランダに立って、全身に朝日を浴びるたびに、生まれてこのかた、こんなにも目的を持って生きていた時期があっただろうかと考え、結局、幸せであるというのは、こうやって毎月毎月、何かに勝ち続けていることなのではないかと思う。

「ちょっとだけでも、顔出せない？」

ダイニングから真知子の声がして、恭介は背伸びをしながら、「無理だよ」とあくびをかみ殺すようにそう言った。

「最近、ぜんぜん顔を出さないって、この前お母さんも言ってたし……」

ふり返ると、洗濯カゴを抱えた真知子がベランダに出てこようとしている。

「だから、今週末は、顧客連れて葡萄《ぶどう》狩《が》りなんだって」

「それは分かってるけど、日曜日の夜なんだし、ちょっと早目に戻ってくれば……」

「そんなの無理だよ。お客さんを置いて、『じゃあ、私は妻の実家に行きますから』なんて帰ってこれないって」

「でも、どうせ大勢で行くんでしょ？　あなた一人くらい抜けても……」

「ほとんど俺の顧客なんだぞ。それに、もしかすると久谷さんが今度仕事辞めるかもしれないんだよ。まだはっきり決めてはいないらしいけど、でも、そうなったら、彼女のお客さん、一人でも多く紹介してもらっておかないといけないし……」

洗濯物を干し始めた真知子に場所を譲って、恭介はダイニングに戻った。すでにトーストにはバターが塗ってあり、しっとりと表面がやわらかくなっている。

「……実はね、亜沙子がボーイフレンドというか、ほら、この前、ちょっと話したでしょ？　婚約者というか……、その彼を連れてくるんだって。どうせなら、お父さんの誕生日でみんなが集まってるときがいいって」

恭介はトーストにかじりついたまま、ベランダのほうへ顔を向けた。両手で濡れたシャツを広げながら、真知子がこちらを覗き込んでいる。

「亜沙子ちゃんのボーイフレンドって、広告代理店で働いてるって、あの彼？」

「そう。広告代理店って言っても、小さな会社らしいけどね」

「小さいほうがいいんだよ。大手はもう出入りの外交員がいるだろうし」

「ちょ、ちょっと待ってよ。いきなり保険の勧誘はしないでよ」

「しないよ。もし、結婚するとなれば、義理の弟になるわけだし、だったら焦ってその一件契約するより、じっくりと会社の同僚なんかも紹介してもらって……」

「だから、ちょっと待ってよ。今週はその話はナシだからね」

「分かった」

「来るの？」

真知子に問われ、恭介は半分上げかけていた尻を椅子に戻した。

「あ、そうか。行けないんだ、俺」

「やっぱり、無理そう？」

「貸し切りのバスで行くからな。俺だけ、車で行くわけにもいかないし」

恭介が答えると、濡れた靴下に手を突っ込んで裏返しながら、「やっぱりだめか。お母さんになんて言おう……」と、真知子がダイニングに入ってくる。

恭介はトーストの残りをコーヒーで胃の中に流し込んだ。

真知子との結婚が決まった当初は、それこそ毎週のように真知子の実家へ行っていた。もちろん新しく家族となる彼らと親しくなりたいという気持ちもあったが、どちらかといえば、新しい家族よりも、新しく小口の保険でも入ってもらえないかという気持ちのほうが強かった。

「契約したとたんに、急に顔を見せなくなった」などと、義母が真知子に愚痴《ぐち》をこぼしていることは耳に入っていたが、それを聞いたとたんにまた顔を出すのも憚られ、なんとなく足が遠のいてすでに久しい。

契約をしたとたんになかなか連絡が取れなくなったとか、契約をしたとたんに遊びの誘いを断るようになったとか、義母だけではなく、これまでに契約をしてくれた友人知人たちの多くから、そんな風に言われる。ただ、恭介にしてみれば、何十、いや、何百といる契約者たちとそうそう毎日毎日会っていられるわけもない。向こうは契約したんだから、たまには飲みに付き合えというが、こちらにしてみれば、やっと契約したんだから、そろそろ解放してくれよ、という気持ちにもなる。

まだこの仕事を始めたばかりのころは、それこそ結婚詐欺ギリギリのところで契約をしてもらった女さえいた。ただ、そんな契約をすれば、のちのち掛け金の不払いや契約の解除で、こちらが大変な目に遭うことが、今ではちゃんと分かっている。

「なぁ、プラズマテレビ買おうか？」

恭介はカップに残っていたコーヒーを飲み干すと、ベランダで洗濯物を干している真知子に声をかけた。

「え？」と、ベランダから真知子の声が返ってくる。

「プラズマテレビ！」と、恭介も叫び返した。

「あれ、高いんでしょ？」

バスタオルを物干《ものほ》し竿《ざお》にかけながら、真知子がふり向かずに訊いてくる。

「五十万くらいだったかな？」

「そんなにするの？」

「一番でかいやつはな」

「そんな大きなテレビで何見るのよ？　どうせ、お笑い番組くらいしか見ないのに、あんな番組プラズマテレビで見ることないじゃない」

真知子は一度もこちらをふり向かない。

「そうだよな。あんな番組、別に大画面で見ることもないか……」

恭介がそう呟いて立ち上がると、やっとこちらに顔を向けた真知子が、「今夜、また遅くなる？」と訊いてくる。

恭介は、「ああ。たぶん」と短く答え、背広に着替えようと寝室へ向かった。その背中に、「トースト、もう一枚焼こうか？」という真知子の声が聞こえてきたが、何も答えずにダイニングを出た。


広大な敷地のほぼ中央に、その野天風呂はあった。渓流沿いの遊歩道で女と別れて、恭介は一人、風呂に向かった。

男湯には誰も入っていなかった。まだ日が残っており、女湯との仕切り壁で見ることはできなかったが、遠く連なる山肌が赤く夕日に染まっているのは、近い空を見れば分かった。

さすがに裸になると身震いした。恭介はさっとかけ湯をすますと、海にでも入っていくように、大股で湯の中を進み、ちょうど湯船のど真ん中で、それこそ湯に溶け込むようにからだを沈めた。

冷えていたからだが、熱い湯に包まれる。ただ、からだの芯まではその熱が伝わらない。恭介は湯の中にからだを伸ばした。すっと伸びたからだが、ゆっくりと湯の中から浮かび、浮かんだ腹に、森の、冷えた空気が触れる。

渓流を眺めながら、軽く交わした挨拶から女と短い世間話をした。このホテルに来るのは初めてか？　とか、あと半月早ければ紅葉がきれいだっただろうとか、そんな会話がいくつか交わされ、女がタバコに火をつけた。その様子を見て、恭介はもう少し話したほうが良さそうだなと直感した。初対面のときに、断りもなくタバコに火をつける女は、恭介にとって縁起が良いのだ。

案の定、恭介が、「お仕事、お休みだったんですか？」と尋ねると、「そうなんですよ。やっと、休みが取れて」と女が微笑む。

そこですかさず、「どんなお仕事なんですか？」と恭介は尋ねた。もちろん、あまり興味がなさそうに、足元に落ちていたどんぐりを拾いながら。

女は一瞬、言おうか言うまいか迷ったようだったが、「美容関係の仕事なんですよ」と答えた。

「美容関係？」

「なんていうか、ほら、化粧水とか乳液とか、そんなものを取り扱ってる会社で……」

「資生堂とか、カネボウぐらいしか、ごめんなさい、知らないですけど」

「うちはそんなに大きな会社じゃないですから」

女の口からこぼれた「うちは」という言い方が、まるで「自分は」とでも聞き取れた。

恭介はそこで話を変え、「……バスで見たときから思ってたんですけど、そのコート、すごく肌ざわり良さそうですよね。……というか、高そうですよね？」と笑った。

タバコを吸いながら、女が自分のコートの袖口をさっと撫で、「こんなに寒いんだったらもうちょっと厚手のを着てくればよかったんだけど」と微笑む。

「このホテル、レストランが二つあるみたいですね」

恭介は拾ったどんぐりを、眼下の渓流に投げ込んだ。水面でコポンと高い音が鳴って、とても小さな飛沫《しぶき》が上がる。

その飛沫を見つめていた女が、「本館と東館に、一つずつあるんでしょ？」と言う。

「ええ、そうみたいですよ」

「もう予約されたんですか？」

「いえ、まだ……。どうせ、一人だから、遅い時間にしようかと思ってて」

恭介がそう言うと、女が少し驚いたような顔をする。

「ほんとは、妻と来るはずだったんですけどね」と、恭介は呟いた。

女は、「あら、そう」と言ったきり、何も言葉を返してこない。

「もう、だいぶ前に予約してたんですよ、ここ。なかなか予約が取れないから」

「私も、一月《ひとつき》くらい前」

「でしょ？　で、なんていうか、そのときはうまくいってても、夫婦って不思議なもんで、やっと予約が取れた日が来たころには……」

「喧嘩《けんか》しちゃった？」

「喧嘩くらいならいいんですけどね。事態はもうちょっと深刻ですよ。ほら、こうやって男が一人でこんなホテルに来てるんですから」

恭介はなるべく軽い感じで言った。女もそれほど深刻には受け止めなかったようで、「せっかく予約が取れたんですもんね、もったいないですよね」と笑う。

二人の声と渓流のせせらぎ以外、まったく何も音のなかった世界に、遠くから風の音が聞こえてきた。それはまるで狼《おおかみ》の遠吠えのようにも聞こえ、遠くから近づいてくるのがはっきりと分かる。

思わず二人とも口を噤《つぐ》んで、しばしその音に聞き入った。遠くで山の樹々を揺らしていた音が、あっという間に近寄ってくる。すると音よりも先に、周囲の欅がざわざわと身を震わせ、その直後、頭上を風が通り抜けていく。

恐ろしいというよりも、今、何が起こったのか、すぐには理解できないような感覚で、また音のなくなった森の中で、恭介と女はしばしお互いに見つめ合っていた。

「……今、風が見えましたよね？」と、恭介は少し興奮気味に言った。

「み、見えた」と、女も同じように頭上を仰ぎ見る。

頭上には欅の枝で覆われている、ゆっくりと赤みを帯びてきた空が、まるでひび割れしているように見える。

「なんか、俺、初めて、風って見ましたよ」

「私も、こんなにはっきり見えたの初めて」

欅はもう身震いしていない。風が通る前と同じように、森の中には二人の声と、渓流のせせらぎしか聞こえなかった。

遊歩道での別れ際、「もし良かったら、夕食、ご一緒にいかが？」と、女のほうから誘ってきた。

恭介は、「あ、それ、今、俺が言おうと思ってたのに」と笑い、「もちろん、いいですよ。どっちのレストランにしますか？」と訊いた。

「せっかくだから、本館のフレンチにしましょうよ」

「分かりました」

「じゃあ、七時に予約入れておきますね」

一人で野天風呂への石段を駆け上がり、途中で立ち止まると、「あ、そうだ。俺、加瀬って言います。加瀬。３０５号室に泊まってますから、時間の変更とかあったら、電話下さい」と叫んだ。

石段の下から、「私は１０２号室で、山本。山本かおり」と女が答える。

口元でその名前を復唱し、「かおりさんって、どんな字ですか？」と尋ねると、

「ひらがなで、かおり」と、女が少し照れたように教えてくれた。年齢のわりに可

愛い笑い方をする女だと恭介は思った。

「ねぇ、明日からの温泉だけど、この次に休みが取れたときにしない？」

真知子がとつぜんそう言い出したのは、昨夜、恭介が帰宅したときだった。すでに十二時を回り、親戚を紹介してくれるという顧客を連れて飲んだ帰りで、玄関で靴を脱ぎながらも、ついふらふらしてしまうほど酔っていた。

「え？　何？」

エレベーターの中で歌っていた鼻歌の続きを歌いながら、恭介はそのリズムに乗せて訊き返した。

「だから、明日の温泉……」

重い鞄を受け取った真知子が、ふらふらしている恭介の腕を取りながら繰り返す。

「この次の休みなんて、いつ取れるか分かんないよ」

「……それは分かってるけど」

「分かってるけど？」

恭介はなかなか脱げない靴を、最後は蹴るようにして玄関ドアにぶつけた。

「……なんで急にそんなこと言い出すんだよ？　せっかく予約が取れたのに」

「……それは分かってるんだけど」

「だけど？」

恭介は真知子の手をふり解《ほど》くようにしてリビングに入った。

最近、ときどき真知子が今のような口調になることがあった。直接、何かに対する不満を言葉にするのではなく、言葉にしないことで、自分が何かを不満に思っているのだということを、暗に恭介に知らせてくるのだ。

ただ、恭介が単刀直入に、「何が不満なんだよ？」と訊いても、「不満なんてないよ」と、不満そうな顔をする。

「今度はなんだよ？　なんでせっかく予約の取れた温泉に行きたくないって」

リビングのソファに座った恭介は、自分の首を引き千切るような勢いでネクタイを取り、鞄を持ったまま突っ立っている真知子に半分怒鳴るように訊いた。

「行きたくないわけじゃなくて……」

「だったら、なんで前の晩になって、そんなこと言い出すんだよ？　行きたくないから、そんな出端《でばな》を挫《くじ》くようなこと言い出したんだろ！」

「ちょ、ちょっと、怒鳴らないでよ」

「おまえが、怒鳴らせるような……」

「違うの。ちょっと聞いてよ」

「聞いているよ！」

「…………」

恭介が怒鳴った瞬間、真知子の顔からすっと何かが消えたようだった。それが色なのか、音なのか、恭介には分からなかったが、確実に今、目の前で真知子の表情から、何かがなくなった。

「行きたくないわけじゃないのよ。逆に、行きたいの……」

「だったら」

「ちょっと、最後まで聞いてよ」

「聞いてるだろ！」

「あのね、私は、恭介と一緒に温泉行きたいの。二人でのんびりしたいのよ」

「じゃあ、行って、のんびりすればいいだろ」

「この前の箱根だって、その前に行った草津だって、恭介、そこにいないじゃない」

「は？」

一瞬、真知子が何かを言い間違えたのかと思った。そう思ってすぐ、いや、そうではなくて、真知子はきちんと間違えずに言ったのだと気づいた。

「あなたが仕事をがんばってるのは分かる。一生懸命、それこそ誰にも負けないようにがんばってるのは分かってる。でも、それってなんのため？」

「な、なんのためって……、それは……」

「それは？」

「だから、それはおまえ、あれだよ」

「何よ？」

一瞬、毎月末にもらう給料明細が目に浮かんだ。

「俺がそうやって必死で働いてるから、こんなマンションにだって住めるんだろ！飲みたくもない酒、こうやって毎晩飲んでるから、おまえに服も買ってやれるし、温泉にだって連れていけるんだろ！　それをなんだよ？　……なんのためって、なんだよ？」

酔っていたせいもあった。自分でも必要以上に大声を出していることには気づいていたが、いったん出した大声を普通の声に戻せなかった。

「怒鳴らないでよ」

真知子が少し怯《おび》えたような声を出し、すっと一歩後ろに下がる。まるで恭介が立ち上がって、自分を殴るのではないかと、そんな馬鹿げた心配をしているように。

「ほんとに、そう思ってる？」

真知子が囁くように訊いてくる。

「ほんとにそう思ってるよ」と恭介は即答した。

「だったら、そんなにがんばらなくていいよ。もしもこのマンションや、私の服や、温泉のためだったら、そんなに仕事ばっかりしなくていい。毎月、毎月、所内の売上げ成績で一番にならなくてもいい」

「何、言ってんだよ。俺がいつも上位だから、こんな生活ができるんだろ」

「分かってる。だから、もしこういう生活が目的なら、そんな必要ないって言ってるんじゃない」

「どういう意味だよ。必要ないって」

「最近の恭介、そんなことのために働いてるんじゃないみたいなんだもん。もちろん、最初は一緒になって喜んでられた。恭介がうれしそうに『今月も一位だった』って喜んでると、私までうれしかった。でも、最近……」

「最近？」

「最近の恭介、喜んでないもん。口では前と同じように『今月も一位だった』って言うけど、そう教えてくれるときの恭介、なんか、とってもビクビクしてて、なんか、とっても不安そうで、私、見てられないのよ」

そこまで聞いて、恭介はソファから立ち上がった。乱暴にシャツを脱ぐと、ソファの上に投げ置いた。そして、「おまえ、俺のこと馬鹿にしてんのか？」と、投げ置いたシャツを見つめたまま呟いた。

自分でも、誰がしゃべっているのか分からないほど、その声は遠くから聞こえてきた。

「馬鹿になんて……」

「いや、おまえは馬鹿にしてんだよ。保険の勧誘なんて、こんな仕事してる自分の旦那のこと、どっかで馬鹿にしてんだよ」

「し、してないよ」

「いや、してんだよ。おまえだけじゃない。みんな、そんな目で俺を見てんだよ。……どんな仕事してるのかって訊かれて、保険の勧誘だって答えたとき、みんながどんな顔するかおまえ知ってるか？　なぁ、どんな顔で、みんなが俺のこと見るか知ってるか？」

いつの間にか、目の前に真知子の顔があった。知らず知らずに真知子の肩を摑み、その背中を壁に押しつけていた。今さら、そんなこと言うなよ。今さら、温泉に行かないなんて、今さら、行きたくなかったなんて、今さら、うれしくなかったなんて、今さら……。

「や、やめてよ」

真知子の口が微かに動く。自分の妻を、旦那が殴るはずもないのに、真知子の目が、それに怯えているように見える。


本館のフレンチレストランで食事を終えると、恭介は山本かおりを誘って上階のバーへ場所を移動した。

無理をして高いワインを頼んだせいで、食事中、彼女とどんな話をしていたのか思い出せないほど、頭がボーッとしていた。もちろん野天風呂に長時間浸かっていたせいもある。

バーのカウンターに着くと、彼女はシングルモルトをストレートで注文した。カウンターの正面が大きな窓になっており、外に植えられた欅がライトアップされている。

「だから、社員といっても、十人もいないのよ」と女が言う。

恭介はぼんやりとその欅を眺めながらも、「でも、大したもんですよ。きっと大変なんだろうなぁ」と言葉を返した。

「今はね、ほら、テレフォンショッピングの時代だから、うちみたいにそこで成功できるとあとは案外、楽なのね。もちろん、最初は出費がかさむけど、ああいう番組で一度当たれば大きいし」

ライトアップされた欅が、風で揺れているようにも見えるし、自分の頭がふらふらと揺れているようにも感じられる。

「どうしたの？」

横から顔を覗き込まれて、恭介は、「いえ、なんか、ちょっと酔ったみたいで」と慌てて首をふり、目の前に置かれていたグラスの水を一息に飲み干した。

「大丈夫？」

「え、ええ。大丈夫。あと、欲張って温泉に長い時間浸かってたし」

「でも、こういうところにくると、つい欲張っちゃうのよねぇ。分かるわ」

バーテンがグラスを磨いていた。慣れた手つきで磨かれたグラスは、あまりにも透明でまるでそこには何もないようにも見える。あるはずのグラスが、バーテンの手のひらにない。

「さっきの話だけど、一度、会社に来て、詳しく説明してもらえない？」

女の声に、恭介は我に返り、「分かりました。来週にでも伺います」と、重たくなるまぶたを必死に開いて答えた。

「そうよねぇ、加瀬さんが言うとおりかもしれないわよねぇ。結局、使うお金なんだったら、社員の将来のために使ってあげたほうがいいんだもんねぇ。実はね、いろんな人からそういった保険の話は聞かされてたんだけど、なんていうか、真剣に考えられなかったっていうか……、でも、こういう場所で、加瀬さんに偶然会ったのも、何かの運命かもしれないしねぇ、ほんと、一度はちゃんと考えておいたほうがいいのよねぇ……」

恭介は今にも閉じてしまいそうな目を必死の思いで開こうとした。自分が今、ホテルのバーにいるようにも思え、自宅リビングで真知子とまだ向かい合っているようにも思える。

目の前に怯えきった真知子の顔がよぎる。

恭介は慌てて椅子から立ち上がると、「す、すいません、ちょっと」と女に声をかけ、口を押さえるようにして店の外へ飛び出した。

「今さら、そんなこと言うな！　今さら、そんなこと言われて、俺はどうすればいいいんだよ！」

外に飛び出ると、昨夜、自分が叫んでいた声が耳に蘇ってくる。真知子の髪を摑み、何度も背後の壁に、その頭を打ちつけた手の感触が戻ってくる。昨夜、慌てて家を飛び出したあと、自分がどこで何をやっていたのか覚えていない。気がつくと、郡山行きの新幹線に乗っていた。そして、真知子と二人で来るはずだったホテルで、化粧品会社の女社長に団体保険を紹介していた。

建物の外へ飛び出した恭介は、石塀にすがりつくようにして何歩か進むと、そのまま地面にしゃがみ込んだ。吐き気がするのに、胃の中のものが出てこない。恭介はまた石塀にすがりつくようにして立ち上がった。目の前に真っ暗な森があった。夜空に枝を伸ばした欅が、奥深くまで連なっている。

そのとき、遠くで風が鳴った。昼間と同じように、まるで狼の遠吠えのような声が、欅の森の、もっと奥のほうから聞こえる。

風がきた、と恭介は思った。向こうから風が追ってきたんだ、と。

純情温泉

黒川「南城苑」

外の雨が今にも雪に変わりそうだった。暖房を入れていない部屋では、吐き出す息も白い。飛び込んだ布団がまるで氷のように冷たく、健二は慌てて手足をシーツにこすりつけた。

「黒川っていうたら、阿蘇《あそ》のほうやったな？」

さっき夕食の席で交わされた親父との会話が蘇る。

「去年、静子おばちゃんたちが行ったらしいよ。なんて旅館だったか、忘れてしもうたけど」

台所から口を挟んできたおふくろに、「静子おばちゃんたちが泊まるようなところじゃなくて、もっと安い旅館だよ」と健二は答えた。

「そりゃ、そうよ。まだ高校生の分際で、高級旅館になんか泊まれるもんね」

「だから、安い旅館だって。安西たちが予約したから、まだ名前は教えてもらってないけど」

「しっかし、今どきの男の子ってのは、温泉なんか好きなんやねぇ」

茶碗を洗う水音に混じって、呆れたようなおふくろの声がした。

テーブルにはまだお新香の入った器が残っていた。さっきからちびりちびりと日本酒を飲んでいる親父が、これからお茶漬けでも食べるのだろう。

「お母さん、久しぶりに俺らも温泉にでも行こうか？」

お猪口《ちょこ》に残っていた日本酒をぐっと飲み干した親父が、台所のほうに声をかけると、「あら、ほんと？」とおふくろの嬌声《きょうせい》が聞こえてくる。

「しばらく行ってないもんなぁ」

「そうよ。最後に行ったの、たしか……」

「指宿《いぶすき》じゃなかったか？」

「あ、そうそう。あれ、いつやったろう……、まだ健二が小学生のころやったよ」

父の嬉《うれ》しい提案に、食器洗いも忘れて出てきた母が、エプロンで濡れた手を拭《ふ》きながらちょこんと親父の横に座り、それと入れ替わるように健二が席を立った。

食卓では嬉野《うれしの》か由布院《ゆふいん》辺りがいいのではないかと、すでに話が進んでいる。二階の自室へ上がりながら、ちょろいもんだと健二はついニヤけてしまった。だいたいが男だけで温泉なんかに行くわけがないじゃないか、と。

真希と温泉に行こうと約束したのは、二学期が始まってしばらく経ったころだった。通学に使っているバスに、紅葉をバックに撮られた温泉の写真があって、「温泉ってさ、なんかエッチな感じしない？」と真希に言われて、その場では「いや、しない」と即答したのだが、この夜からちゃっかりと旅館探しを始めたのだ。

泊まりたい旅館の条件は一つ。部屋に小さな露天風呂がついていること。

ただ、実際に探してみると、どれもこれも高い。夏休みにやった海の家でのバイト代がまだ三万円ほど残っているので、交通費なども考えて、一人一万五千円くらいの宿になら泊まれるのだが、もちろん一万五千円では部屋に露天風呂などついていない。ただ、商店街の書店で何冊か温泉ガイドを立ち読みしているときに、温泉宿には「家族風呂」というものがあるところがあり、ここはどうやら貸し切りで使えるということを知った。

「なぁ、こういうのって、やっぱり別料金なのかな？」

隣で立ち読みしていた安西に尋ねると、興味なさそうに温泉ガイドに目を向けた安西が、「家族風呂？　そんなの知らねぇよ、家族で風呂なんか入ったことねぇもん」と言い捨てる。

「やっぱ、これって家族じゃなきゃ、入れないんだよな？」と健二は訊いた。

「そうなんじゃねぇの、家族風呂って書いてあんだから」

安西は清原の記事が載っているスポーツ雑誌から目を逸らそうともしない。

「ちょっと訊いてみようかな」

つい声に出してそう言うと、「訊くって、誰に？」と、安西が怪訝《けげん》な表情を向けてくる。どうやればそんなところにつくのか知らないが、安西の学生服の肩のところに歯磨き粉が少しついている。

「だから、この旅館に電話かけて」と健二は言った。

「なんで？」

「だから、別料金がいるのかどうか……」

「いや、だから、なんで？」

「だから、別料金が……」

そこまで言って、安西に何も伝えていないことに気がついた。一瞬、真希を連れて行くのだと言おうかとも思ったが、ぽかんと口を開けた安西の顔を見ているうちに、なんとなく縁起が悪くなりそうで言うのをやめた。

「俺、帰るわ」

健二は足元に置いていた学生鞄と、汗に濡れたTシャツなどを詰め込んでいるスポーツバッグとを持ち上げた。

「んじゃ、俺、もうちょっと立ち読みしてくわ」

「分かった。じゃな」

書店を出て、すぐ電話ボックスに駆け込んだ。ガイドブックを見て暗記していた電話番号を忘れてしまいそうだったのだ。

もちろん親に連れられて温泉宿に泊まったことはあるが、自分で電話をかけるのは初めてだった。少し緊張してプッシュボタンを押すと、まるでずっとかかってくる電話を待っていたかのように、たった一度の呼び出し音で相手が出た。

「あの、ちょっと訊きたいことがあるんですけど」と健二は言った。

相手は年配の女性で、丁寧な口調ではあったが、どこか忙しそうだった。

「あの、家族風呂ってありますよね？　それって、やっぱり別料金がかかるんでしょうか？」

健二の質問を、相手はすぐには理解できないようだった。「はい？」と素っ頓狂な声を上げるので、「あの家族風呂です。家族風呂」と繰り返すと、「ああ、家族風呂。いいえ。別料金は頂いておりませんよ」と優しく教えてくれる。さすがに「家族じゃなくて、恋人と入ってもいいんですよね？」とは訊けず、「一人で入ってもいいんですよね？」と訊いてみた。相手は少し戸惑ったようだったが、「ええ、もちろんでございます」と答えた。

なんかとても感じのいい人だったな、と思いながら電話ボックスを出た。部屋に露天風呂はついていないが、料金的にもこの旅館に決まりだなと思いながら。

翌日の土曜日、一泊で温泉に行かないかと真希を誘った。学校帰りのいつものバスの中だった。以前バスの中にあった広告は、すでに取り外されており、その代わりに市内にあるブライダルショップの広告が貼ってある。

「うちの親が許すわけないじゃない」

真希はまずそう言った。そして、「健ちゃんのうちだって、反対すると思うけどな」と首をかしげる。

「親には、安西とかと行くって言うよ」と健二は言った。

「うちの親にも、同じような嘘つけってこと？」と真希が顔を歪める。

「嘘ついたことないわけじゃないだろ？」

「そうだけど……」

「ほら、たとえば喜多川とかさ、あいつらと一緒に行くって言って、口裏合わせてもらえば？」

「でも、温泉ってことは一泊するってことだよねぇ……」

市内へ向かうバスには、同じ高校の生徒たちが大勢乗っていた。たまたま一人がけの椅子が空いていたので、真希を座らせ、代わりに鞄を持ってもらっていた。部活が終わったあとなので、バスの車内にどことなく男たちの汗の臭《にお》いと、女たちがつけているデオドラントの匂いが混じり合って、夕方の教室の匂いがする。

ちょうど前の席に、野球部の田沼が座っていて、「何、おまえら温泉行くの？」と声をかけてきて、「なんか、大人っぽいなぁ」と茶化しだす。

「田沼くんも、知佳と行けばいいじゃない」

まだ行くと返事をしていないのに、真希がそう田沼に言い返す。

「うちらは無理だよ」

田沼が汗と泥で汚れた額を掻きながら、首をふる。

「なんで？」と健二が尋ねると、「だって、俺、坊主だぞ。坊主の高校生が女連れて行ったって泊めてくれるわけねぇよ」と笑う。

「じゃあ、髪が伸びるまでお預けだ」と真希が言い、健二と声を揃えて笑った。

バスは狭く急な坂道をのんびりと市街地のほうへ下りていく。車体が大きく揺れるたびに、つり革を握っている生徒たちが大きく傾き、バスではなくて景色が倒れそうに感じる。部活が終わった時間なので、ぼんやりと灯《とも》ったバスの明かりの中で、乗客たちの顔がどこか寂しげに見える。

「あ、また、手、洗わなかったでしょ？」

ふと腕を摑まれて、健二は真希を見下ろした。まるで汚れた雑巾《ぞうきん》でも持つように、真希が抓んでいる健二の指のあいだが汚れている。長時間、籠手《こて》をつけているせいで、どうしても指の間に、紺色の糸くずというか、埃《ほこり》のようなものがたまってしまうのだ。

健二は抓まれた手をふり解くと指のあいだにたまった糸くずのような埃のようなものを一箇所一箇所丁寧に拭っていった。

「おまえ、県の選抜に選ばれなかったんだってな」

またこちらをふり返った田沼が声をかけてくる。健二は、「ああ」と短く答えた。

これが川上のような野球部のエースに言われたことならば、多少、腹も立つのだろうが、万年補欠の田沼になんと言われようと、まったく気にもならない。

「実は、俺も子供のころ、剣道習ってたんだよな。市役所んところに『弘道館』ってあんだろ、あそこで」と田沼が言う。

「いつごろ？」と健二は尋ねた。

「小学校一、二年のころ」

「じゃあ、俺とちょっとかぶってるな」

「おまえもあそこだったの？」

「そうだよ。今、うちに教えに来てる幸嶋さんだって、あそこで教えてんだぞ」

「幸嶋さんって、あのやくざみたいなおっさん？」

「そう、あの人」

健二たちの他愛のない会話を、退屈そうに聞いていた真希が、膝の上に置かれた健二の鞄をおもむろに開け、中にあるノートやプリントを一枚一枚引っ張り出して確かめる。健二は田沼と話し続けながらも、そんな真希を眺めた。

「四十三点って……」

今日返してもらった化学のテストの点数を見て、真希が大げさにため息をつく。それを耳にした田沼が、もっとからだを捻《ひね》ってテスト用紙を覗き込み、「おまえ、チアガールだろ、もうちょっと自分の彼氏のこと、応援してやれよ」とケラケラと笑い出す。

またバスが大きく揺れる。バスではなく、町全体が揺れたように見える。

いつものように健二は真希を連れて自宅に戻った。玄関先で靴を脱いでいると、「真希ちゃんも一緒？」と尋ねるおふくろの声が聞こえ、健二よりも先に、「は〜い。一緒で〜す」と真希が返事する。

健二は靴を脱ぎ捨てると、そのまま二階への階段を上がるのだが、真希はおふくろを気遣ってまず居間のほうに顔を出す。挨拶だけで済む日もあれば、部屋で待ちくたびれて健二が一階へ下りてみると、二人で料理なんかを作っていることもある。

健二としては、一秒でも長く真希と二人きりでいたいのだが、料理を教わる真希も、生きた海老にビクビクはしながらも、どこか楽しそうにも見え、結局、声をかけられずに部屋に戻る。

ただ、今日はあっさりしたもので、先に自室に戻って待っていると、五分ほどして真希がやってきた。

「今日は引き止められなかったんだ？」

「健ちゃんのお母さんってさ、きっと女の子がほしかったんだろうね」

真希がポンと鞄を投げ出すと、回転式の椅子に座ってぐるぐると回り出す。

「こっちくれば」と健二は誘った。

健二は学生服のまま、壁を背もたれにしてベッドで足を伸ばしていた。一瞬、回るのを止めた真希が、「うん」と答えながら、「もう、温泉のこと、お母さんたちに言ったの？」と訊いてくる。

「いや、まだ。なんで？」

健二は手招きしながら訊き返した。

「いや、別に。……ただ、なんとなく行ってみたくなってきた」

「ほんと？」

「うん。私、まだ一度も健ちゃんの寝顔って見たことないもんね」

真希がそう笑いながら椅子から立ち上がる。

「おふくろと何の話してきたんだよ？」と健二が訊くと、真希は、「別に」と答えながら、ちょこんとベッドの端に座った。

おふくろは自分と真希の関係を清らかなものだと思っているが、残念ながら親父のほうはそうでもない。というのも、ある日、いつものように真希とベッドでいちゃついていると、たまたま早く帰宅した親父が、「ちょっと自転車の鍵貸せ。自転車の！」と妙な節をつけて言いながら、いきなり階段を上がってきたのだ。

おふくろは何か用があれば必ず階段の下から声をかける。女親というのは、息子たちの関係が清らかだとは思いながらも、心の中では、「いや、そうでもないのかも」と疑う生き物で、逆に男親というものは、十七歳の男が清らかなもんかと思っていながら、そんなことはすっかり忘れて、平気で階段を上がってこられるらしい。ドタドタと階段を上がる音が聞こえて、もちろん健二は慌てふためきベッドの中から飛び出した。

ただ、建売分譲の一戸建て、そんなに階段が長いわけもない。どうにかベッドを飛び降りたところで、すぐにドアが開けられる。

「おう、鍵、鍵。自転車の鍵」

相変わらず能天気に妙な節をつけながら、親父が遠慮なく入ってくる。息子がパンツ一丁でベッド脇にしゃがんでいるのに、おかしいとも思わない。

健二は引《ひ》き攣《つ》った笑顔を親父に向けた。まだ現状が飲み込めない親父が、「なんや、その顔」などと言いながら首をかしげる。首を少しかしげたおかげで、こんもりと布団が盛り上がったベッドのほうに、やっと視線が行ったらしい。そこには布団から顔だけを出した真希がおり、ベッドの下には半裸の息子。

「あ、ありゃ、おい。……ありゃ、おい」

　我が息子の清らかではない現場を、思いがけず見てしまった男親というのは、「男」と「親」のあいだで、かなり動転するものらしい。ありゃ、おい、ありゃ、おい、と言ったきり、次の言葉が出てこない。

　ただ、親父も親父なりに、この場の状況を咄嗟《とっさ》に分析したらしい。自転車の鍵を借りにきた息子の部屋に、パンツ一丁の息子が一人、ベッドには見知らぬ女の子。こりゃ、どう見てもただ事じゃない。ではいったい何が起こっているのだろうか。パンツ一丁で床にうずくまっているのは紛れもなく自分の息子だ。言いたかないが、自分の息子だ。そうモテるとも思えない。ましてや、まだうら若い乙女が喜んで、息子のベッドに入るわけがない。ということは、息子が無理やり女の子をベッドに押し倒したわけだ。その現場を思いがけず発見してしまったわけだ。

　実際に、親父がどのように勘違いしたのかは知らないが、次の瞬間、床に蹲《うずくま》っていた息子の背中を、「何、やっとる！」と蹴りつけたのだから、多少の違いはあるとしても、まぁだいたいこんな風な結論に達したのだろうと健二は思う。

　いきなり親父に背中を蹴られて、痛いよりも先に、何が起こったのかと健二は驚いた。

「ほら、服を着なさい」

　取ってつけたような標準語で、床に落ちていた学生ズボンをこちらに蹴りながら親父が言う。仕方なく受け取って、「ちょ、ちょっと、出てってくれよ」と、健二は蹴られた背中をさすった。

　しかし、次の瞬間、出て行くかと思った親父が、「ごめんなさいね。ほんとにこの馬鹿息子が」と、ベッドの真希に謝ったのだ。

　真希は真希で、あまりにもとつぜんいろんなことが起こったもので、すっかり気が動転しており、息子の愚行を謝る親父に、「いえ、大丈夫です」と、まるで被害者のように答えている。

「ちょ、ちょっと。とにかく、出てってくれよ」

　健二はズボンを穿きながら、親父の腕を引っ張って、どうにか廊下まで出した。自分でも何がなんだか分からなかったが、「ったく、なんで今日なんだよ！　きのうまでずっとジュース飲んでただけなんだぞ！　なんで、よりによって初めてベッドに入った瞬間に、自転車の鍵なんか借りに来るんだよ！」と、今にも爆発しそうだった。

　ずり落ちるズボンを引っ張りながら、健二は親父の背中を押した。すると一、二段、階段を下りた親父が、「ちょっと、待て」とふり返り、「いいか。今日のことはお母さんには言うなよ」と神妙な顔で言う。

「言わないよ」と健二は言った。

「ああ、言うな。女親ってもんは、こういうことを落ち着いて受け入れられんからな」

思わず、いや、少なくとも親父より……と言いたくはあったが、とにかくこの場から消えてほしくて、「ああ、分かった。言わないよ」と健二は肯いた。

部屋に帰ると、三時間もかけてやっと脱がせた制服を、真希が三十秒で身につけていた。

「大丈夫？」

心配そうな真希に訊かれて、「あ、ああ。大丈夫」と健二は自分の背中をさすった。すると、「そっちじゃなくて、お父さんのほう」と真希が言う。

「あ、ああ。そっちな」

「怒ってた？」

「いや、あれは怒ってたとは言わないんじゃないか？」

「じゃあ、何？」

「いや、よく分からないけど、照れてたというか……」

「照れてた？」

「いや、そうじゃないかもしれないけど、びっくりしてたのは確か」

「私、謝ってきたほうがいいよね？」

「なんで？　やめてくれよ」

「だって……」

「頼むからやめてくれよ。そんなことしたら、親父がますます混乱する」

「なんで？」

「なんでって、見たろ、あのヒーロー気取り。自分では悪い男から若い女の子を救ったくらいに思ってんだから」

自分で言いながら、健二は思わず吹き出した。つられて真希も笑い出し、二人で必死に声を殺して笑い転げた。

くるくる回っていた椅子から降りて、ベッドの端にちょこんと座っている真希の背中を健二は足先でゆっくりと撫でた。くすぐったいのか、真希が右に左にからだをくねらす。

しばらく懲りずにやっていると、いい加減うんざりしたような顔をした真希が、その足を思いきり摑んで、「行くとなったら、どこに行くつもり？　旅館の予約とかしないと駄目だよね？」と訊いてくる。

健二は摑まれた足を引いて、改めて両足を伸ばし、真希の腰の辺りを挟みこんだ。強く締め付けているわけでもないのに、真希がわざとらしく苦しそうな顔をする。

「旅館ならもう決めてあるんだよ」と健二は言った。

足をほどき、ベッドの上を這ってきた真希が、健二と同じように壁に背中を凭せかけて足を伸ばす。身長の違う分だけ、伸びた足の長さも違う。スカートから出た真希の素足に、虫に刺されたようなあとがある。

「阿蘇の黒川温泉ってとこ」

健二は身を屈《かが》めて、その虫さされのあとに触れた。くすぐったいのか、真希がいきなり膝を立て、その膝が危うく健二の顎に当たりそうになる。

「どうやって行くの？　電車？　バス？」

「熊本まで電車で行って、そこから九州横断バスってのがあるから、それに乗れば黒川まで行けるらしい」

「いくら？」

「バス代？」

「じゃなくて、旅館代」

「一人一万円ちょっと」

「高くない？」

「そりゃ、高いよ。人気のある旅館みたいだし」

「お金、あるの？」

「海の家のバイト代が三万ちょっと残ってる」

「そっか。じゃあ、私が二万くらい持ってるから、どうにかなるね」

真希がそう言いながら、隣に座っている健二の太ももをパチンと叩く。叩かれた瞬間に健二がその手を押さえつけ、ふざけて股間のほうへ持っていこうとすると、

「ちょっと、やめてよ」と真希が抵抗する。

「ちょっと、触るだけ」

健二が冗談っぽくそう言うと、「馬鹿じゃないの」と言いながら、真希が手を引こうとする。

「分かった。じゃあ、ここに置いとくだけ」

「ほんとに馬鹿だ」

すっと手を引いた真希が、ベッドを降りる。健二は逃がさないように足を伸ばすのだが、その足もすっとむげにかわされる。

健二は一人残されたベッドにごろんと横になった。安いパイプベッドで、小学校のころから使っているから、かなりガタがきている。パイプに足をかけて腹筋運動をするときはもちろん、寝る前の日課をこなすときにも、「キー、キー」と嫌な音を立てる。

現場を見てしまったとき以来、親父は真希と顔を合わせようとしない。どう考えても現場を見た親父よりも、見られた真希のほうが恥ずかしがるのが普通だが、未だに真希が挨拶をしても、顔を真っ赤にするだけらしい。

出端は挫かれたが、その次の日には、うまくいった。いや、こればかりはほかと比べられないので分からないが、いつも寝ている自分の布団で、裸の真希を抱きしめたとき、心からこの女が好きだと思えた。そして、今となっては恥ずかしいのだが、その場でその気持ちを真希に伝えた。

真希はしばらく健二の目を見つめ、「言って、失敗したと思ったでしょ？」と微笑んだ。

「いや」と健二は首をふった。

真希はすっと笑みを消して、「初めての人が健ちゃんでよかったと思う」と言った。

「初めてってことは、次もあるってことかよ」と、健二が冗談混じりに真希のからだをくすぐると、真希は「きゃっ、きゃっ」と声を上げながら、「ない。ない。絶対ない！」と布団の中で逃げ回った。

逃げ回る真希に、「どうだった？」と健二は訊いた。訊いてはいけないと分かっていながら、どうしても訊きたくて我慢できなかったのだ。

「何が？」と真希がとぼける。

「だから……」と健二が言いよどむと、「男の人のからだって、硬いんだなって、そう思った」と真希が言う。

「それが感想かよ」と笑うと、「だったら、そっちは？」と訊いてくるので、「そうだな。女のからだってやわらかいんだなって思った」と健二も答えた。

実際、抱きしめると潰《つぶ》れるんじゃないかと思った。それほど真希のからだはやわらかくて熱かった。

それから、学校帰りに真希がここへ寄るたびに、健二は真希を抱いている。以前はこっそりと夜中に自動販売機で買っていたコンドームも、今では学校帰りのコンビニでアイスクリームなんかと一緒に買えるようになっている。

「うちの兄貴、結局、離婚しそうなんだって」

ふたたび椅子に座って、くるくると右に左に回転を始めた真希がうんざりしたように言う。

「そうなんだ」

健二は寝転がったベッドで天井を見つめていた。ぼんやりと初めて真希を抱いたときのことを思い出していたので、股間をそれとなくのせた枕で隠した。

「きのうもまた電話でお母さんと喧嘩してるのよ。もう、いい加減、うんざり」

「おふくろさんは別れてほしくないんだろ？」

「そう。たったの一年で結論出すことないって」

「原因って、やっぱり……」

「そうみたい。やっぱり、うちの兄貴が浮気したみたいで、義姉《ねえ》さんとしては、それがどうしても許せないって」

「お兄さんの嫁さんと話したの？」

「この前ね、食事したから」

「二人で？」

「そう。急に呼び出されてびっくりしたけど、いろんな話してるうちに、馬鹿みたいに思えてきちゃって」

「馬鹿みたいって？」と健二は訊いた。

真希は、一瞬、何か答えようとしたが、健二の目をしばらく見つめたあと、「いや、別に」と首をふった。

温泉に出発する前日に、小さな事件が起こった。離婚話がこじれた真希の兄貴夫婦が、ちょっと大きな喧嘩になり、奥さんが肩の骨を脱臼《だっきゅう》したのだ。

真希から電話があったのは、夜の九時すぎだった。ほんの数時間前までこの部屋にいたので、「真希ちゃんからよ」とおふくろに呼ばれたときには、何か忘れ物でもしたのかと思った。

階段を下りていくと、おふくろの表情が少しおかしい。「ん？」と首をかしげてみれば、「病院からだってよ。誰か怪我したみたい」と言う。

健二は受話器を受け取ると、あいさつもなく、「怪我って、おまえが？」と訊いた。すぐに受話器の向こうから、「違うよ。私じゃないよ」と、呆れたような真希の声が聞こえる。

「違うって」と、健二は隣に立つおふくろに言った。

健二としては、それですっかり安心してしまったのだが、「じゃあ、誰よ？」とおふくろが訊くので、「あ、そうだ。誰が怪我したんだ？」と真希に尋ねた。

真希は病院の公衆電話を使っているらしかった。受話器の向こうから、シンと静まり返った夜の病院の気配が伝わってくる。

真希の話によれば、今は落ち着いているが、さっきまでかなり兄嫁が興奮し、廊下にまで悲鳴や悪態が聞こえていたという。

「兄さんが殴ったのか？」と健二は訊いた。

すでにおふくろは台所に戻ってはいるが、電話が気になっているらしく、テレビのボリュームを下げて、何気なくこちらに耳を向けている。

「殴ったんじゃなくて、壁に押しつけたらしいのよ」

真希の口調はどこか投げやりな感じで、そのせいか、事態の深刻さがまったく伝わってこない。

「壁に押しつけたって、喧嘩して？」

「そうみたい。兄貴が離婚をするのはやっぱりもうちょっと待ってくれとかなんとか、いつものように言ったんでしょ。そしたら義姉さんのほうがうんざりしちゃって、何か投げたらしいのよ」

「投げたって、何を？」

「さぁ、その辺にあった雑誌かなんかじゃないの。そしたら、それが運悪く兄貴の顔に当たったらしくて、それで……」

「殴ったの？」

「だから、殴ってないって。うちの兄貴が誰かを殴れるわけないじゃない」

「そうなんだ」

もちろん詳しくではなかったが、たまに真希から兄さんの話は聞かされていた。九つも年齢が離れているので、それほど同じ時間を過ごしたという感覚はないらしいが、とにかく無口で優しい兄だったらしい。

「兄貴が言うには、義姉さんが出て行こうとしたんで、それを止めただけらしいのよ。でも、力強くやり過ぎたんでしょ、壁に押しつけるような格好になって、それで義姉さんも暴れるもんだから」

健二は真希の説明を聞きながら、肩が脱臼するほどの力というのは、どの程度のものなのだろうかと考えていた。いつもベッドで抱く真希のからだはやわらかく、骨という感触があまりない。

　ただ、一度だけ、健二がベッドを出ようとしたときに、足を踏み外してしまい、そのまま真希の肩口におもいきり手をついてしまったことがあった。おそらく全体重がそこに乗った。ゴリッと嫌な音がして、「痛っ」と真希は悲鳴を上げた。その瞬間、「あ、壊した」と咄嗟に思った。もちろん相手はものではなく人間なのだから、壊したという言葉は間違っているのだが、それでも咄嗟に「壊した」という言葉が出たのだ。幸い、しばらく痛がってはいたが、大事には至らなかった。

「お母さんが連れて帰るっていうんだけど、お母さんだけじゃ心配だから、私も一緒に送ってく」

　受話器から少し疲れたような真希の声がする。

「兄さんは？」と健二が訊けば、「一緒にいると、義姉さんが興奮するから、先に帰らせてある」と声が沈む。

「ただの夫婦喧嘩なのに、救急車まで呼んでるんだよ。ほんと馬鹿みたい」

　本当に静かな廊下なのだろう、真希の声がそこに響いているのが分かる。

「明日、大丈夫だよな？」と健二は小声で訊いた。まだおふくろが耳をそばだてているような気がしたのだ。

「大丈夫。でも、お母さんがなんだかすっかり落ち込んじゃってて」

「おふくろさんが？」

「最近はもう、自分の育て方が悪かったとか、そういうことまで言い始めちゃって。私は『お兄ちゃん、もう大人なんだから、お母さんがそんなに心配したって仕方ないじゃない』って言うんだけど、『でも浮気したのは、お兄ちゃんのほうじゃない』なんて言い出しちゃって」

「でも、そうなんだろ？」と健二は訊いた。

一瞬、沈黙があって、小さなため息が聞こえる。

「じゃあ、訊くけど、健ちゃん、浮気する？」

珍しく真剣な物言いだった。健二は思わず唾を呑み込み、「しないよ」と答えた。

「私、義姉さんのこと見てて思うんだけど、浮気される女のほうにも原因はあると思う」

「はぁ」

真希がきっぱりした声で言う。

健二には返す言葉が見当たらない。

「もちろん、浮気する男も馬鹿だけど、浮気される女も嫌。浮気されてこんなに苦しむくらい好きなんだったら、もっと相手のこと、いとおしく思っていられると思うし、もしそうしてるのに、それでも浮気するような男なら、きっと浮気されても、こんなに苦しむことないんだと思う」

正直、途中から真希が何を言っているのか分からなかった。ただ、真希の口調が返事を求めているようなので、とりあえず、「そうだな」と短く答えた。

しかし、真希にもそのいい加減さが伝わったらしい。

「何が、そうだな、よ」と、ちょっと呆れたように笑い出す。

「とにかく、これから義姉さん連れて帰るから」

真希はそう言うと電話を切った。

受話器を置いて二階へ戻ろうとすると、「大丈夫なの？」とおふくろが声をかけてきた。健二は、「ああ」と、ただぶっきらぼうに答えた。

翌日は、雲一つない冬晴れだった。どこかで新築工事でも始まったのか、高い空からカーン、カーンと木槌《きづち》を打つ音が落ちてくる。

玄関を出ると、健二は自転車に跨《また》がって、待ち合わせ場所の駅へ向かった。

昨夜のことがあったので、少し心配していたが、駅前に小さなバッグを提げて立っていた真希は、いつもと変わらぬ笑顔を見せていた。

「きのう、大丈夫だった？」

健二は自転車に鍵をかけながら尋ねた。

「兄貴がいる家には帰りたくないって、ずっと駄々こねてて……、で、義姉さんが帰る代わりに、今度は兄貴がしばらく実家に戻ることになって……」

つらつらと説明を始めたのだが、真希はそこでふと言葉を切った。そして、「まぁ、兄貴たちのことはどうでもいいじゃない。これから温泉だよぉ」と、無邪気に健二に抱きついてくる真似をする。

「さっき、そこに立ってたら、加藤先生に会っちゃった」

真希がそう言ったのは、ホームで電車を待っているときだった。

「なんか言われた？」

「どこ行くんだって」

「で、なんて答えた？」

「友達と映画観に行くって」

以前、数学の加藤に真希とのことで厳しく注意されたことがあった。真希と付き合っていることなど、それこそ学校中が知っていることだったので、教室でも、廊下でも、会えば何かしら言葉を交わしていたのだが、その様子が加藤には「イチャイチャ」しているように見えたらしい。

　ある日、放課後に残っているように言われ、健二が教室で待っていると、いつものように草履を引きずるように歩いてきた加藤が、乱暴にドアを開け、「なんで、残されたか分かるよな？」と訊いてくる。

　健二が、「いえ」と素直に首をかしげると、「ちょっと来い」と手招きされて、加藤のタバコくさい息のかかるところに立たされた。

「今どき、女の子と付き合うなとは言わんよ。ただな、考えてもみろ、みんなに彼女がいるわけじゃないんだぞ。それを廊下でイチャイチャ、教室でイチャイチャされたら、それを見て、むしゃくしゃするヤツもいる。だろ？」

　加藤にそう言われ、健二は、「はぁ」と肯いた。

「はぁ、じゃないよ。正直言ってな、おまえらみたいなガキんちょが、男と女の真似ごとしてるとこ見ると、虫唾《むしず》が走るんだよ。イチャイチャするんなら、俺の見てないところでやれ」

　加藤は持っていた教科書で、健二の頭を一度叩いた。健二は汚れた加藤の草履を見つめたまま、「はぁ」と小さく肯いた。

いくつかの電車を乗り継いで、九州横断バスが出る駅についたのは、十二時を回ったころだった。

「腹減ったな」と健二が言うと、「朝、何も食べてないの？」と真希が訊くので、

「いや、食べたよ」と健二は答えた。

「なんかさ、ほんとによく食べるよね」

真希が呆れたように首をふる。

「食っても食っても腹減るんだよな。マジで、胃に穴あいてんじゃないかと思うことあるよ」

バスはそれほど混んでいなかった。というよりも、健二たちのほかに、品の良さそうな老夫婦が一組乗っているだけだった。

たった四人を乗せたバスが、ゆっくりと走り出す。健二は隣に座っている真希の手を取った。拒絶されるかと思ったが、真希はそのまま健二に手を握らせていた。

「高校卒業したら、すぐ免許取るよ」と健二は言った。

「私も一緒に教習所通おうかなぁ」と真希が言う。

「じゃあ、一緒に通う？」

「いいよ。でも、私のほうが早く取れても怒らないでよ」

「そんなの、ありえないね」

「なんで？」

「なんでって、俺のほうが早く取れるに決まってるよ」

「そう？」

「そうだよ」

会話をしているというよりは、握り合っている手で別の話をしているようだった。これからいくらでも二人きりになれるというのに、わざわざ隣の列の座席に座ってきた老夫婦が邪魔に思えた。

「じゃあさ、免許取れたら、二人でお金出し合って車買わない？」

「おまえと？」

「なんで？　いや？」

「おまえ、何、買うつもりだよ？」

「私？　私はかわいいのがいい」

「やだよ、かわいい車なんて、かっこ悪い」

「じゃあ、健ちゃんはどんなのがいいのよ？」

「俺? 俺は、速いヤツ」

「じゃあさ、かわいくて、速い車にすればいいじゃない」

「そんなの、あるわけねぇ」

「じゃあ、かわいくなくて、速くもないのにする?」

真希がそう言って笑い出す。健二はその笑い声が見えたような気がした。

お互いにシートを倒すと、窓の外の空がいっそう広く見えた。手をつないだままだったので、真希の手が健二の腹の上に乗っている。横を見れば、伸びた真希の白い喉《のど》が見える。

隣では老夫婦がシートを倒そうと四苦八苦していた。見かねた健二が、「ここを引っ張るんですよ」と手を伸ばすと、ばあさんが、「ああ、これなの?」と大げさに驚きながら隣にいるじいさんにも教えてあげる。

「あはは」と笑ったじいさんが、ゆっくりとシートを倒しながら、「ありがとね」と照れくさそうに礼を言う。

「お二人でどちらまで?」と、じいさんが訊いてくるので、「黒川です」と答えると、「あら、私たちもよ、ねぇ、おじいちゃん」と、横でばあさんが笑顔を見せる。

ばあさんの顔には深いしわが何本もあったが、その一つ一つが笑ってできたしわだということが、なんとなく健二には分かった。

阿蘇山麓にバスが入ると、あいにく天気が崩れ出した。さっきまで晴れていたのに、小雨混じりの濃い霧が出てきて、美しいはずの草千里《くさせんり》などの風景が、まったくと言っていいほど見えない。

窓からの景色が真っ白なので、自然と視線は車内に戻り、スピーカーから流れてくるちょっとうるさいくらいの観光ガイドについ耳を傾けてしまう。

その昔話が流れてきたのは、バスが黒川への山道に入った辺りからだった。

昔、昔、黒川に暮らす父親と幼い息子が、山菜をお金に換えようと山を下りたことがありました。途中、小さな川があり、川を初めて見る幼い息子が、「おとう、海っちゅうのはこれよりも大きいんやろね」と尋ねたそうです。

すると父親は、幼い息子の問いかけに、「あはは」と大声で笑うと、「いいか。海っちゅうもんはな、この二倍はあるぞ」と言ったそうです。

特に真剣に聞いていたわけではなかったのだが、たまたま健二も真希も言葉を交わしておらず、話を最後まで聞いていた。先に呆れたように笑い出したのは真希のほうで、その笑い声につられた健二も、なんだか急におかしくなった。

黒川温泉にバスが着くと、旅館の車が迎えに来ていた。バスで一緒になった老夫婦とは違う旅館らしく、別の車が迎えに来ている。

バスを降りたとたん、山のにおいがした。山のにおいというものが、いったいどんなにおいなのか、うまく説明することはできないが、吸い込むたびにその空気が肺を満たす感覚だけははっきりと感じられた。

赤い四駆に乗って、一分も走ると旅館だった。ガイドブックで見たとおり、古い建物が山に隠れるようにして建っている。

バスを降りて赤い四駆に乗せられたときから、健二は少し緊張していた。予約を入れるとき、年齢を訊かれたわけではないが、バレると泊まれないような気がしてならなかったのだ。隣にちょこんと座った真希も、同じことを心配しているのか、バスの中とは打って変わって、四駆の中では一言もしゃべらなかった。

ただ、番頭さんに連れられて旅館に入ると、その緊張もさっと解けた。数人の仲居さんたちが、「さぁさ、お疲れになったでしょう。そこでコーヒーでも飲んで、ちょっとゆっくりされてくださいね」などと、明るい声で出迎えてくれたのだ。

言われたとおりに玄関奥にある休憩室で、淹れたてのコーヒーを飲んだ。仲居さんたちが、「どちらから?」「今日はちょっと寒いですもんねぇ」などと、いろいろと声をかけてくるのだが、なぜかしらうまく返答できず、つい救いを求めるように隣にいる真希のほうに目を向けてしまう。

しばらくすると、無口な客に困ったのか、仲居さんは、「じゃあ、先にお荷物だけ、お部屋に運んでおきますね」と、さっさと姿を消してしまった。

いなくなったとたんに、「何、緊張してんのよ」と真希にわき腹を小突かれ、「おまえだって、何も答えなかったろ」と健二も言い返した。

コーヒーを飲んでいるあいだに、すでに浴衣に着替えている数組のカップルが健二たちの前を通った。

「なんか、みんな若い人たちなんだな」

健二が呟くと、「そうだね。みんな若いんだね」と真希も肯く。

正直、温泉旅館など年寄りが来るところだと思っていた。それなのに大浴場へ向かうカップルたちは、自分たちよりも年上であることはたしかだが、間違いなくまだ二十代にしか見えない。

「今、ここを通ってったカップル、今夜、みんなセックスするんだぜ」

思わず健二がぽろっとこぼすと、「馬鹿じゃないの」と、また真希がわき腹を小突く。

「だって、そうだろ？」

「みんなね、健ちゃんみたいな男ばっかりじゃないんだって」

「なんで？　だったら、なんでわざわざ温泉なんかにくるんだよ？」

「なんでって、温泉に浸かりに来るんでしょ？」

「何、言ってんだよ。温泉に浸かるだけで男は一万も二万も出しませんって」

健二の意見に、一瞬、真希が「ああ、なるほど」と肯きそうになり、慌てて、

「でも、ほら、料理があるじゃない。おいしい料理が」と言い返してくる。

「ああ、そうか……」

今度は思わず健二が肯いた。

迎えにきた仲居さんが案内してくれた部屋は、二階の角部屋だった。思っていたよりも広い部屋で、「おう」と思わず健二が声を上げると、「このお部屋は一番景色がいいですもんね」と仲居さんが言う。

景色に飛びついたのは真希のほうで、さっそく窓を開け放ち、すぐそこにある霧に煙った山のほうへ目を向ける。

「お夕食は七時ごろでよかったですか？」

いつの間にかお茶を淹れている仲居さんが、どちらかというと有無も言わさぬ感じで訊いてくるので、健二は、「はい」と返事した。

仲居さんがいなくなると、健二は早速、真希のからだに抱きついた。

「ちょっとお茶くらい飲ませてよ」と言いながらも、真希も嫌な顔はしなかった。

考えてみれば、ずっと誰かの目を気にしていた。自宅の二階では、いつも階下にいるおふくろの気配を感じていたし、たまに行く真希の家など居間とのあいだにふすましかないので、まるで隣室にいるお母さんと一緒にテレビを見ているようでさえあった。何度か、駅前にあるラブホテルに誘ったことはあるが、真希は頑《かたく》なにそれを断る。

やっと真希とふたりきりになれた気がした。誰も知った人のいない温泉場で、静かな山々に囲まれて、やっとふたりだけになれた気がした。

真希が窓際の椅子に座れば、そこで抱きつき、部屋に戻ってお茶を飲めば、そのからだにうしろから抱きついていた。いい加減、うんざりした真希が、「どれくらい欲求不満なのよ」と笑って、その手をぴしゃりと叩くまで、健二はずっと抱きついていた。

「まだ、明るいから恥ずかしいって」

浴衣に着替えて、健二は真希を早速「貸し切り露天風呂」に誘った。その答えがこれだった。

「なんでぇ？」

着なれない浴衣の帯を結びなおしながら、健二は何度も情けない声を出した。

「だって恥ずかしいじゃない」

「見たことあるだろ」

「布団の中ででしょ？」

「一緒だよ」

「一緒じゃない」

「なんでぇ？」

廊下を歩きながらだったので、すれ違うほかの客たちがクスクス笑いながら通り過ぎていく。

「分かった。じゃあさ、晩ごはん食べてからは？」

やっと真希が妥協案を出してくる。

「絶対だな？」

健二が疑り深い目を向けると、「約束する」と真希が改まった顔を見せる。

狭い階段を下りた場所に、いくつかの浴場があった。男湯、女湯のほかに、貸し切りの露天風呂が二つある。

「ほら、どうせ今、入れないじゃない」

真希に言われて目を向けると、たしかに貸し切り風呂には二つとも、「入浴中」と書かれた札がさがっている。

仲居さんの話では、空いていればいつでも入っていいということだったので、こうなったらこの前で順番を待って立っているのもやぶさかじゃない。

「絶対だからな。メシ食ったら、絶対に入るからな」

すでに女湯のほうへ歩いていく真希の背中に、健二は念を押すように声をかけた。ふり向きもせず、「はい、はい」と答えた真希が、薄桃色ののれんをくぐって姿を消す。仕方なく一人廊下に残された健二は、強く締めすぎた帯をほどきながら、面白くもない男湯のほうへ歩き出した。

薄紫ののれんをくぐった男湯には、先客が一人いるようだった。薄暗い脱衣所のかごには、くちゃくちゃに巻かれた浴衣が投げ込まれ、その上にしわくちゃのトランクスが置いてある。

浴衣を脱いで、健二はまず内湯のほうへ入った。濃い湯気で、なれるまでどこが風呂でどこが洗い場なのかも分からない。そう広くはないのだが、ちょっと錆《さび》くさいお湯のにおいが鼻をついてくる。

目がなれて、湯船に誰もいないのが分かると、健二は一、二杯、湯を手桶ですくって、縮み上がった自分の股間にかけた。

足のほうからそろりそろりと湯に浸かり、ゆっくりと湯船の中央まで歩くと、「はぁ～」と声を出しながら、からだ全体を湯に沈めた。冷え切っていたからだの表面に、湯がはりついてくる。健二は少し熱く感じる湯の中で、ゆっくりと両手両足を伸ばしていった。からだ全体から力が抜けて、湯の上にぷかんと胸や腹が浮き出る。

風呂嫌いなヤツなんて、信じられないな、と健二は思う。たとえば、同じ剣道部の阪井がそうだ。

「風呂なんか、時間の無駄だぞ。俺なんか、毎日、シャワーだけ」などと平気で言う。

「寒い日とかに、熱い湯に浸かると気持ちよくねぇ？」と、いくら健二が言ってみても、「お湯に浸かって、気持ちいいなんて思ったことねぇ」と言い返してくる。世の中にはそういう人間もいるのだろうが、健二はその感覚がまったく理解できない。子供のころから風呂は好きだったらしい。普通は、「あと百数えるまで出ちゃだめだ」と親が注意するらしいが、健二の場合は、「あと百数えるまで入っててい い?」と逆に頼み込んでいたらしい。

コンビニなどで新しい入浴剤なんかを見つけると、小遣いが減るのも気にせず買ったりもする。そのたびに、「俺だったら、そんなの買わずに、もう一コ肉まん買うけどな」などとみんなに馬鹿にされる。

熱い湯に浸かっていると、とても贅沢な気持ちになれる。どんなことがあったとしても、まるでその日一日を祝福されたような気持ちになる。

健二はしばらく浸かっていた内湯を出ると、扉を開けて露天風呂へ向かった。扉を開けた瞬間に、冷たい空気がからだを包み、からだ中から濃い湯気が立ち昇る。冷たい空気がくすぐるように、熱くなったからだに触れる。

目の前の山を見渡せる露天風呂には、年配の男が一人で浸かっていた。扉を開けて出てきた健二を見ると、軽く会釈を送ってくるので、健二も小さく頭を下げた。少し離れて湯に浸かる。胸から下を熱い湯が、胸から上を冷たい山の空気が包む。

しばらく湯に浸かっていると、湯から立ち、岩に腰掛けた年配の男が、「どちらからですか？」と声をかけてきた。

健二が自分の暮らす町の名前を教えると、「ほう、私もですよ」と嬉しそうな顔をする。

「学生さんですか？」と訊いてくるので、「はい。大学生です」と嘘をついた。

「そうですか、こちらは初めてですか？」

「はい」

「いいところですよねぇ」

男はそう言いながら、霧に包まれた山のほうへ目を向けた。

部屋へ戻ると、すでに真希が戻っていた。湯上がりの真希を見るのは、もちろんこれが初めてで、どこかへ電話をかけているその後ろ姿を、健二はジロジロと眺めた。

火照ったからだに糊のきいた浴衣がはりついているようだった。からだの線が、浴衣を通してはっきりと見えた。

電話の相手は、母親らしかった。ときどき、「ほんとに？」とか、「また？」などと、真希がうんざりしたように言うのだが、ほとんど向こうが話しているらしく、健二には話の内容までは分からない。

そうこうしているうちに、さっきの仲居さんがやってきて、てきぱきと食事の準備を始めた。ガイドブックで見たとおり、うまそうな前菜の小鉢が並び、鮎《あゆ》の塩焼きまでついている。

「何かお飲み物、お持ちしましょうか？」

仲居さんにそう言われ、「じゃあ、ビールを」と生意気に頼んでみた。すると、さっと受話器を押さえた真希が、「いえ、ウーロン茶でいいですから」と訂正する。

ベテランらしい仲居さんは、それで何かが飲み込めたらしく、「はい。じゃあ、ウーロン茶をお持ちしますね」と言い、健二のほうをちらっと見て、にこっと微笑んでみせた。

真希が電話を切ったのは、仲居さんがウーロン茶を運んできたあとだった。さっきから腹が鳴り続けていた健二は、仲居さんが姿を消すたびに、電話中の真希のからだに触れ、「腹減った」と合図を送っていたのだが、真希はまったく動じることもなく、母親との電話を切ろうとしなかった。

真希が食卓につくと、ウーロン茶で乾杯し、健二は前菜など後回しで、鮎の塩焼きにかぶりついた。

「まず、それからいきますか？」と、真希が呆れて首をふる。

「露天風呂のほう、入った？」と健二は訊いた。

「入ったよ」

「ほんと？」

健二は鮎にかぶりついたまま、首をかしげた。露天風呂で一緒になった年配の男がいなくなったあと、柵《さく》の向こうの女湯のほうに、「真希！」と、何度か声をかけたのだが、いくら待っても返事がなかったのだ。

「俺が呼んだの聞こえなかった？」

「聞こえました。恥ずかしい、やめてよ」

「聞こえたんなら、返事ぐらいしろよ」

「だってね、女湯のほう、けっこう人がいたんだよ。健ちゃんが、馬鹿みたいに『真希！　真希！』て呼ぶたんびに、みんな、どの人が呼ばれてるんだろうって、きょろきょろ見るし、返事なんかできるわけないじゃない」

「そんなに人いたんだ。男湯のほう、おっさんが一人だけだったのに」

健二はそう言いながら、前菜の小鉢を次々と片付けた。どれもうまいのはうまいのだろうが、あまりにも腹が減っていて、味わっている余裕もない。

「風呂に入ると、腹へるんだよな」

そんな健二をしばらく見つめていた真希が、「兄貴んとこ、大変みたい」と、少し深刻な顔で言う。

「ああ、電話？」

「そう。ちょっと心配になって電話したら、お母さん、泣いてた」

「なんで？」

「知らないよ。なんか、今度は兄貴のほうが興奮しちゃって、浮気してる女と結婚するつもりだとか、浮気じゃなくて本気だったんだ、なんて、義姉さんに捲《まく》し立てちゃったらしくて……、義姉さんもそんなこと言われて、黙ってるような人じゃないから、今、その女の人を呼びつけて、三人で会ってるんだって」

「なんか、修羅場だな」

「信じられる？　浮気するなとは言わないけどさ、やるならやるでもっとうまくやればいいのよね」

「うまくって？」

「だから、馬鹿みたいに本気になるなってことよ。れっきとした奥さんがいるんだから」

「いるけど、つい好きになっちゃうんじゃねぇの」

健二はいい加減に返事をしながら、肥後牛のステーキを小型コンロで焼き始めた。

「ぜんぜん、私の話、聞く気ないでしょ？」

肥後牛のほうに伸ばした手を、真希が箸を持ったまま叩き、健二は持ち上げた肉をぼとっとテーブルに落とした。

「何すんだよ」

「だから、私の話なんてぜんぜん聞く気ないでしょ？」

「聞いてるだろ」

健二が少し強い口調で言うと、少しがっかりしたように、「せっかく、ふたりで温泉に来たのに」と真希が嘆く。

「そうだよ。せっかくふたりで温泉に来たから、こうやって仲良くメシ食ってんだろ」

「違うよ。せっかく来たんだから、いろんなことじっくり話したいじゃない」

「話なら、家でだってできるだろ」

「じゃあ、なんでわざわざ温泉まで来るのよ」

「そりゃ……」

健二はつい「そりゃ、セックスするためだろ」と言いそうになり、慌ててその言葉を呑み込むと、「そりゃ、温泉に入って、うまいメシ食うためじゃねぇの」と唇を尖らせた。

「みんな、いろんなこと話しに来るんじゃないの？」

真希が真顔で問い詰めてくる。不思議なもので、制服を着ているときはどこか大人びて見えるくせに、こうやって薄桃色の浴衣を身につけていると、逆にあどけなく見えてくる。

「ごめん。ちゃんと聞くよ」

健二はそう言うと、持っていた箸をテーブルにカタンと置いた。

「別に、そんなに改まらなくてもいいじゃない」

「ったく、じゃあ、どうすればいいんだよ？」

「だから、普通に食べればいいでしょ？」

「だって、話を聞いてほしいんだろ？」

また言い争いのようになってしまい、健二は置いた箸をふたたび握ると、「あ〜あ、ほら、肉が焦げちゃったよ」と大げさに嘆いてみせた。

山の夜は、互いの口の中の音まで聞こえるほど静かだった。言い争いのようになって、互いに黙り込んでしまうと、自分たちが遠く離れた山の中で、たったふたりで食事をしていることが、なんというか五感で感じられた。

「この部屋、実は幽霊が出たりしてな」

あまりにも沈黙が続いたので、健二は謝る代わりに真希を少し脅かしてみた。しかし真希のほうは、そんなことにはまったく動じることもなく、「幽霊が出たら、この無神経な男の首絞めてくれって頼むわよ」と言い返してくる。

健二は、「かわいくないな」と言いながらも、真希がいらないという鮎の塩焼きをもらった。

ここ黒川温泉に来ていなかったら、今ごろ、何をしていただろうかと健二は思う。時間の感覚が鈍っているが、まだ七時半を回ったばかり、部屋でテレビでも見ているか、それともふらっと自転車で出かけ、河川敷をのんびりとサイクリングしているか、どちらにしても、こんなに深い無音という音を耳にすることはなかったのだろうと思う。

食事中に機嫌を損ねた真希を、貸し切り露天風呂へ連れていくのに、一時間近くかかってしまった。

満腹になり、ごろんと畳に横になったまま、健二がうとうとしてしまったせいもあるのだが、布団を敷きに仲居さんが来たのが九時ごろで、そこでやっと目が覚めた。そしてそこからが長かった。

行く、行かない。約束した、しないと言い合っていたのだが、その途中でどのように話が脱線したのか、どっちが先に互いを好きになったかという話になった。

もちろん、付き合ってくれと学校帰りに待ち伏せして申し込んだのは健二だったが、健二としては、「不可能だと思えば、告白なんかしない。同じクラスで真希の親友でもある喜多川が『健二のこと、かっこいいって言ってたよ』と教えてくれたので、告白したんだ」という言い分があり、真希は真希で、「そんなこと言ってない。とつぜん告白されて、正直かなり迷ったんだ」などと、今さら後悔しているようなことを言う。

「だったら、なんで付き合うって言ったんだよ？」と健二は口を尖らせた。

「だって、あんな必死に告白されたら、悪いなって思っちゃうじゃない」

「同情？」

「最初はね」

「うそだろ？」

「でも、今はそうじゃないよ」

「ほんとかよ？」

「ほんとよ。もしそうだったら、わざわざ親に嘘までついて、温泉なんかに一緒にくるわけないじゃない」

「じゃあ、訊くけど、俺のどこがいい？」

「どこって……」

いちおう喧嘩をしているのだが、この辺りから互いの口調も変わってきていた。

健二が二つ並べられた布団を這って、真希の膝に頭を乗せると、「馬鹿じゃないの」と言いながらも、その耳を抓んだり、鼻を抓んだりしてくる。

「なぁ、露天風呂」と健二は言った。

「分かったよ、じゃあ、ほら、行こう」

そう言って、ついに真希が立ち上がる。膝に乗せていた健二の頭が、ごつんと硬い畳に落ちる。

運良く、貸し切りの露天風呂が一つ空いていた。真希の背中を押して中に入ると、それほど大きくはないが、いつの間にか晴れ渡っている夜空に、数え切れないほどの星が瞬いている。

「なんか、いざとなると、目の前で真っ裸になるのって、けっこう照れくさいな」

健二はそう言うと、鼻の頭を搔いた。

「だから言ったじゃない」

真希が呆れたように笑い出す。

「じゃあ、一緒に脱ぐか」

「いいよ」

「よし、じゃあ、まずは帯とれ」

健二はそう言って、まず自分の紺色の帯をさっと解いた。すぐに目の前で真希が杏《あんず》色《いろ》の帯を解く。重なっていた浴衣が乱れて、真希のへそがちらっと見える。

「じゃあ、次は浴衣な」

「じゃあ、せーので」

お互いに声を掛け合い、せーので同時に浴衣を落とした。足元で二着の浴衣が重なっている。

「寒いよ」と真希が言う。

「よし、じゃあ、さっさとパンツ！」

健二はそう言うが早いか、さっと自分のパンツを下ろして、そのまま露天風呂に飛び込んだ。本当はそこで真希が脱ぐのを見ていたかったが、なぜかしらからだが勝手に動いてしまった。

熱い露天風呂に駆け込み、足で湯を蹴っているうちに、背後で真希が入ってくる水音がする。健二は五秒待ってふり返った。

少しだけ白濁した湯の中に、まっしろな真希のからだが透けて見える。健二も自分の股間を隠すように、さっと熱い湯に身を沈めた。

「そっち行くぞ」と声をかけると、「そんなこと、わざわざ言わないでよ」と真希が照れる。

「だって、なんか照れるんだよ」

「私だってそうだよ」

そう言い合いながらも、健二は湯の中をゆっくりと真希のほうへ近寄った。ぼんやりとしたランプが三つ置いてあるだけで、決して明るいとはいえないが、月の明かりが真希の顔や肩口を青白く染めている。

「さっき、浮気するとか、しないとか、そんな話しただろ」

そう言いながら、健二は真希の隣に浸かった。湯の中で手を伸ばすと、やわらかい真希の太ももに触れる。

「俺は、おまえでいいな」と健二は言った。

そう言って、真希のからだを湯の中で抱くと、ふっと抱き上げて、自分の足で挟み込んだ。

「おまえでいいって、何よ、それ」

真希がそう言いながらも、背中を健二の胸に押しつけてくる。そのあいだで熱くなっているのが、お湯なのか、自分の性器なのか分からない。

「ねぇ、おまえでいいって失礼じゃない？」

真希が首をひねって改めて訊く。濡れたうなじから微かに甘いにおいがする。

「ごめん。そうじゃなくて、おまえでいい、じゃなくて、おまえがいいって言ったんだよ」

健二がそう言うと、「ちょっと良くなった」と真希が笑う。

「いや、でもこれ冗談じゃなくて、おまえ以外の誰かと温泉に来たとして、今日みたいに楽しいとは思えないんだよな」と健二は言った。

正直な気持ちだった。これ以上、楽しい思いを、真希以外の誰かと味わえるとは思えなかった。まだたったの十七年しか生きていないが、もちろんこの十七年のうちで一番好きな女だし、これから先、何年生きていようと、こんなにも誰かを好きになれるとは思えなかった。

「俺、絶対に浮気なんかしないと思うよ」

美しい月のせいもあったかもしれない。静かな山に囲まれていたせいかもしれない。日ごろはなかなか聞こえてこない自分の声が、今夜は珍しくはっきり聞こえる。

「ほんと？」

真希がからだを健二の胸に預けながら訊いてくる。

「ほんと、ほんと」

「でもさぁ、うちの兄貴だって、最初はきっとそう思ってたんだよ。そう思ってたから結婚なんかしたわけだし」

「男はみんな浮気するって言いたいんだろ？」

「するんでしょ？」

「俺はしないよ」

健二は一回り小さな真希のからだを少し強く抱きしめた。ずっとこうやっていたいと思う。ずっとこうやって、ただ抱き合っていたいと思う。

「浮気なんか絶対にしない、か……。なんか、十七歳の男の子って感じだよね」

健二の気持ちを知ってか知らずか、真希が冷めたことを言う。

「そういう、おまえだって十七歳だろ？」と健二が言い返すと、「女の子はね、もうそういう幻想は中学で卒業するのよ」と大人びた口調で答える。

「そんなの、信じないね」と健二は言った。

すっと健二の腕から離れた真希が、湯の中でからだをこちらに向ける。

「なんていうか、男と女って、スタートからすれ違ってるの。……女のほうが誰かを一途に思いたい時期には、男のほうはサッカーに夢中だし、男がやっとそうなってくれたときには、女のほうが……」

健二の目を見つめていた真希が、そこでとつぜん言葉を切る。

「女のほうが？」と健二は訊いた。

「……一途になりたいって思ってるのよ」

真希は健二の目を見ずにそう言った。真希の視線は、白濁した湯に落ちている。

「一途になりたいと思ってる、ってことは、一途ってことじゃねぇか」

健二はちょっと馬鹿にしたようにそう言った。その言葉を受けて、真希は何か言いかけたのだが、その言葉を呑み込むように、「そうね、一緒だよね」と笑った。

「これから先の将来で、あと何回くらい、俺、温泉に行くかな？」

ふと健二の口から、そんな言葉がこぼれ、「あと、何人の女の子と行くんだろうね」と真希が言い直す。

「なんだよ、それ」

健二は湯の中で真希を蹴る真似をした。そのせいで、ふたりのあいだの湯が少しだけ盛り上がる。

「さっきから何度も言ってんだろ。俺は、おまえと一緒にいるのが一番いいんだって」

今度は照れずにそう言った。しばらくその目を見つめていた真希が、「それ、ほんと？」と首をかしげる。

「ああ、ほんと。俺は、どっちかっていうと、器用に浮気なんかできるタイプじゃないと思うんだよな。二人の女と、十二時間ずつ、別々に過ごすより、一人の女と、二十四時間ずっと過ごすほうがいい」

「でも、二十四時間も一緒にいたら、楽しいばっかりじゃないよ。喧嘩だってするんだよ」

「だったら……」

健二はそこで言い淀《よど》んだ。

「だったら？」と真希が顔を覗きこんでくる。

「……だったら、一人の女と、十二時間イチャついて、十二時間喧嘩するよ」

健二は真顔でそう言った。言いながら、ほんとにそうだなと、自分で自分の言葉に肯いた。

この先、真希以外の女と、温泉に来ることなど想像もできなかった。この女とずっとこうやって一緒にいたい。たまに甘えてくるところも、たまに機嫌が悪くなり、面倒くさそうに返事をするところも、左目の下にある小さなほくろも、本人は気にしている八重歯も、全部ひっくるめて好きだった。星の瞬く山間の露天風呂で、この気持ちがいつかなくなるなんて、いくら考えても想像できなかった。

初出誌「小説すばる」

初恋温泉　二〇〇四年一月号

白雪温泉　二〇〇四年四月号

ためらいの湯　二〇〇四年十月号

風来温泉　二〇〇五年一月号

純情温泉　二〇〇五年四月号

本書は、二〇〇六年六月に集英社より刊行されました。

集英社文庫　目録（日本文学）

山本幸久　男は敵、女はもっと敵
唯川恵　さよならをするために
唯川恵　彼女は恋を我慢できない
唯川恵　OL10年やりました
唯川恵　シフォンの風
唯川恵　キスよりもせつなく
唯川恵　ロンリー・コンプレックス
唯川恵　彼の隣りの席
唯川恵　ただそれだけの片想い
唯川恵　孤独で優しい夜
唯川恵　恋人はいつも不在
唯川恵　あなたへの日々
唯川恵　シングル・ブルー
唯川恵　愛しても届かない
唯川恵　イブの憂鬱
唯川恵　めまい
唯川恵　病む月
唯川恵　明日はじめる恋のために
唯川恵　海色の午後
唯川恵　肩ごしの恋人
唯川恵　ベター・ハーフ
唯川恵　今夜　誰のとなりで眠る
唯川恵　愛には少し足りない
唯川恵　彼女の嫌いな彼女
夢枕獏　神々の山嶺《いただき》(上)(下)
夢枕獏　慶応四年のハラキリ
夢枕獏　空気枕ぶく先生太平記
夢枕獏　仰天・文壇和歌集
夢枕獏　黒塚　KUROZUKA
夢枕獏　ものいふ髑髏《どくろ》
横森理香　恋愛は少女マンガで教わった
横森理香　漫画・しりあがり寿　横森理香の恋愛指南
横森理香　凍った蜜の月
横森理香　ぼぎちん　バブル純愛物語
横森理香　愛の天使アンジー
横山秀夫　第三の時効
吉沢久子　老いをたのしんで生きる方法
吉沢久子　素敵な老いじたく
吉沢久子　老いのさわやかひとり暮らし
吉沢久子　花の家事ごよみ　四季を楽しむ暮らし方
吉武輝子　老いては人生桜色
吉武輝子　夫と妻の定年人生学
吉田修一　初恋温泉
吉永みち子　女《おんな》偏《へん》地《じ》獄《ごく》
吉村達也　やさしく殺して
吉村達也　別れてください
吉村達也　夫の妹
吉村達也　しあわせな結婚

集英社文庫　目録（日本文学）

集英社文庫

初恋温泉《はつこいおんせん》

2009年5月25日　第1刷　　定価はカバーに表示してあります。

著　者　吉田修一《よしだしゅういち》

発行者　加藤　潤

発行所　株式会社 集英社

東京都千代田区一ツ橋2-5-10　〒101-8050

電話　03-3230-6095（編集）

03-3230-6393（販売）

03-3230-6080（読者係）

印　刷　凸版印刷株式会社

製　本　加藤製本株式会社

フォーマットデザイン　アリヤマデザインストア　　マークデザイン　居山浩二

ISBN978-4-08-746434-4 C0193